JN239567

この関係には名前がない

ねじまきねずみ

もくじ

This relationship has no name

イラスト / ふうき

装幀 / 西垂水敦・内田裕乃(krran)

十年、一緒

金曜の朝。

目が覚めて枕元のスマホを確認する。

「え……最悪。充電できてない」

充電ケーブルの接触が悪くなっているようだ。

「また？　涼《りょう》の扱いが雑なんじゃない？」

私の声で目を覚ました脩平《しゅうへい》が、あくび交じりで言う。

「えーそうかなぁ」

認めたくはないけれど、几帳面なタイプではないからはっきりと否定もできない。

「使えるケーブルあったかなぁ」

ベッドから抜け出して、机の周りを漁る。

「ねえ、明日映画のついでにケーブルも買いたい。断線しにくいやつ」

「いいけど、もういい加減ワイヤレスのやつにすれば？　ケーブル邪魔じゃん」

「いいの。この〝充電されてます〟って感じが好きなんだから」

彼の提案に唇を尖らせる。

二十時三十分。

「えー、十年⁉　長！」

会社の飲み会で、中途入社の同僚からひさびさの反応を貰う。

何が十年で長いのかと言えば……。

「大学一年の頃からだから、もうすぐ十年ですね」

私、内田《うちだ》涼・二十八歳と彼氏との交際歴だ。

十九歳になる直前から付き合っているから二十九歳になる今年、十年を迎える。だから正確に言えばまだ九年八か月。

「一緒に暮らしてるならもう、恋人っていうよりパートナーってやつですね」

そしてこの反応を貰ったら、次にどんな質問が来るのか予想がつく。

誰かが串から外してくれた焼き鳥をつまみながら、その質問を待つ。

「ってことは、そろそろ結婚ですか？」

私は心の中で「やっぱり」と思いながら、氷の溶け始めたレモンサワーをひと口飲んで笑顔を作る。

そこから答えるのに〇・五秒もかからない。

「そうですね。そろそろかな」

こんな話題が出た日は二次会には参加しないことにしている。

だって酔いの回った同僚に同じことを何度も聞かれて、「結婚は早い方がいいよ」なんてどこか上から目線の言葉を貰うことになるから。

人数の少ない編集プロダクションって、こういうところが息苦しい。

……といっても、他の会社を知らないけれど。

「おつかれさまです。おやすみなさい」

みんなと別れて駅に向かう。

歩きながら行き交う人々を見ていたら、つい、ため息が漏れた。

恋愛にはもちろん色々なパターンはあると思うけれど、知り合って、好きになって、付き合って……そこまではたいていのカップルが同じ道をたどっている。

違うのはその先。

時期は違っても、多くの人は二択を迫られる。

〝結婚する〟か――〝別れる〟か。

二十二時。

階段を上がってドアを開ければ２ＤＫの我が家。

「おかえり。飲み会なのに早かったね」

ちょうどお風呂上がりらしき、Ｔシャツ姿で髪にタオルを当てている彼と鉢合わせる。

「ただいま。うん、二次会行かずに帰ってきた」

山下《やました》脩平、私と同じ二十八歳。飲料メーカーの営業の仕事をしている。

脩平とは同じ大学だったけれど、知り合ったのはイベントスタッフのアルバイトだった。何度か同じ現場になって話すうちに、気が合うと思って付き合い始めた。それが約十年前。

大学時代は学校から近かった私のアパートで半同棲状態。卒業と同時に親にも挨拶をして正式に同棲を始めた。だから私たちはもう十年近くも〝家族〟をやっている。

世間的には、私たちはいつの間にか〝恋人〟から〝パートナー〟ってやつになっているらしい。

そしてどうやらパートナーは〝夫婦〟に進化しなければいけないらしい。


靴を脱いでカバンを雑に床に置く。

それから脩平にぎゅっと抱きつくと、反射的に抱きしめてくれる。

普段よりも高い体温とボディソープの隙間から感じる慣れた匂いに包まれて、また小さくため息をつく。

「どうした？」

「どうもしない。ちょっと酔ってるだけ」

「ふーん」

そのまましばらく無言で彼の胸に顔を埋める。

「今日、する？」

私は顔を埋めたまま、小さく頷く。

「シャワーだけ浴びたい」

顔を上げて、唇に軽く触れるようなキスをする。

私たちは十年前と何も変わらない。

ずっと仲のいい恋人同士。

仕事で疲れてしまっても、嫌なことがあっても脩平が充電してくれる。

二人でいると、そう思えるのに。


パートナーって何？　恋人と、どう違うの？

◇

土曜の映画は、単館上映の少しマニアックな監督のサスペンス映画だった。

「おもしろかったね」

映画を観終わって入ったカフェでアイスティーを飲む。

「おもしろかったけど、ところどころよくわからなかった」

コーヒーを飲みながら脩平が言った。

「どのあたりが？」

「あの途中で出てきたおじさんが泣いてるとことか、最後の主人公が笑ったとことか」

「ああ、あれはね――」

私なりに理解した映画の内容を脩平に解説する。

よくあるパターンだ。

「そういうことか、完全に理解した。良い映画だったね」

「本当に思ってる?」

「涼が説明してくれるとだいたいおもしろくなるから」

「何それ。責任重大じゃない」

思わず苦笑いしてしまうけど、こうやって説明するのは嫌いじゃない。

「でもやっぱり音楽が最高だったなー」

脩平がうっとりしたような表情で言う。

今日この映画を観に来たのは、私の好きな監督に脩平の好きなアーティストの音楽という組み合わせだったから。

「あの最後のとこの」

「ラストシーンの意味はわからないのに、音楽はいいいって思うんだ。まぁかっこよかったけど」

「いや、マジですごいんだって。七十年代の音をそのまま――」

脩平の声色が若干の熱を帯びる。

私なんか置いてきぼりにして一人でしゃべってる。

頬杖をついて呆れてため息をついてしまうけど、こういうことに瞳を輝かせる音楽オタクなところを愛おしいなと思ったりもする。

「ところで」

ひとしきり話した彼が話題を変える。

脩平の声のトーンが変わったのを敏感に感じ取ってしまう自分が嫌になる。

こういう時は、たいていよくない話題。

「俺、仕事辞めようと思ってるんだけど」

声には出さないけれど「やっぱり」と思う。

「今のところ、まだ働いて一年半くらいじゃない？　どうして？　何かあった？」

「いや……うーん。なんていうか……しっくりこなくて」

「次は？」

「決めてない」

〝しっくりこない〟たったそれだけの理由で、交際十年、三十歳も目前の彼女がいるのに仕事を辞められる。それが脩平。

そしてひと月後、脩平は宣言通り仕事を辞めてしまった。

◇

「ないわー」

脩平が仕事を辞めたと話したら、大学時代の友人の若菜《わかな》は引いたような顔をした。

雑貨屋さんの店内で、手にはピンクと水色のペアのマグカップを持っている。

今日は友人の結婚祝いを買いに、二人で買い物に来た。

「この歳で次の仕事決めないで辞めるって……。あんたたちって一番長く付き合ってるのに、脩平くんがそんなだからいつまで経っても結婚しないのよね」

若菜は脩平とは別のグループの友人だけど、もちろん彼のことも知っている。彼女は私の友だちの中では一番はっきりものを言うタイプだ。ちなみに既婚。

「ねえ、そろそろ決断する時じゃない？」

「決断？」

聞き返してみせたけれど、意味はわかっている。

若菜は両手の二つのマグカップを、キスするみたいにくっつけた。

「結婚するのか」

今度は引き離す。その動きはなんだか少し滑稽《こっけい》だ。

「バイバイか」

こちらをじっと見ている若菜の方を見られなくて、彼女の右手側のマグカップに視線を落としたまま。

「うーん……そうだよね。でも、バイバイは……ない、かな」

「じゃあ結婚？」


〝結婚〟という言葉。

学生時代は誰にも言われなかった。

最初に言われたのは、卒業して一緒に暮らし始めた時。

『もう結婚しちゃえばいいのに』

あれもたしか若菜だったと思う。

それから、付き合って五年目の時にもいろんな人からよく言われた。

二十五歳になった頃にも言われたっけ。

そして、アラサーも板についてきた今、またよく言われるようになってきた。

本気で心配している友人もいれば、挨拶がわりに聞いてくるような親戚もいる。

みんな、節目ってやつが好きすぎるんじゃないかと思う。

私にだって結婚願望がないわけではない。

適齢期というものを意識していないわけでもない。

十年一緒に暮らしてうまくやってこられたんだから、相手は脩平なんだろうなって思ってる。

だけど……私たちの間にはこのままもう、その言葉は出てこないのかもしれない。

「だいたいさー、なんで脩平くんと付き合い続けてるの?」

「なんでって……好きだし、気が合うから……」

「そんな、中学生じゃないんだから。まともな大人は安定した収入、健康、そういうことが大事でしょ」

彼女は呆れたように眉を下げる。

「……健康だとは思うけど」

私たちは、まともな大人ではないらしい。

「他にも目を向けてみれば？　いないの？　誰か」

「求めてないもん」

「ユキの結婚式とかチャンスじゃない？」

〝求めてない〟という言葉は聞こえなかったようだ。

◇

脩平が仕事を辞めて一週間が経とうとしている。

「……次の仕事って、探してる？」

夕飯時に、タイミングを見て聞く。

「うん。っていうか決まった」

「え、そうなの？　なんの仕事？」

「次は事務系」

「……そうなんだ」

「おめでとう」と言いたいのに、言葉が出なかった。

聞かなかったら教えてくれなかったの？

辞める時も、次を決める時も、私には相談してくれないの？

そんな言葉ばかり浮かんできてしまったから。

〝パートナー〟って、一体なんのパートナー？

今この瞬間に隣にいることがパートナー？

それとも、長い人生をともに過ごすパートナー？

仕事の相談すらもしてくれないのなら、後者ではないんじゃないのかな。

私の仕事は、広報誌やフリーペーパーなどを扱う編集プロダクション勤務のデザイナー。繁忙期は終電がなくなったりもするけど、普段はそこそこの忙しさで、仕事もプライベートもそれなりに充実している。

私は新卒からずっと同じところで働いていて、転職は考えていない。

だって、この仕事がやりたいって思って就職したから。


大学時代に就職活動をしていた頃、何度か脩平と話したことがあった。

『私は絶対デザイン系の仕事がしたいんだ。できれば本の装丁とかそういう感じの』

『いいね。涼ならセンスいいからできそう』

『いつかね、初対面の人に〝あれをデザインした人ですか〟とかって言われてみたいの』

脩平は私が夢を語っても絶対に笑ったり否定したりはしなかった。

『脩平は？　どういう仕事で就職探してるの？』

『ん？　適当。仕事しながら何か資格とか取れる感じの仕事がいいかなって思ってるけど』

『脩平、音楽が好きなんだから、そっち系の仕事は考えてないの？』

私の言葉に、彼の眉間にシワが寄る。

『好きなことって仕事にしたら嫌いになりそうなんだよね』

脩平の答えはいつもそう。

夢ややりたい仕事があるのが当たり前だって思って生きてきたから、私から見ると不思議な考え方だった。

もしかしたら私たちは合っていないのかもしれないと思い始めるから、こういうことはすぐに考えるのをやめてしまう。


「気分じゃない」

次の仕事の話を聞いたその夜ベッドの中で脩平に背後から抱きしめられて、思わず拒否の言葉を口にした。

「……そっか、ごめん」

背中を向ける脩平に、今度は私が振り向いて引き止めるみたいに抱きつく。

それから眠るまで、二人とも言葉を発しなかった。

◇

さらに一週間が経った。

今夜は会社の同年代だけの飲み会。

ひと通り仕事の愚痴が終われば、それぞれのプライベートの話になる。

「長く付き合ってて、なんで結婚しないの？」

一つ上のライターの女性、鈴井《すずい》さんに聞かれる。

「しますよ、そのうち」

いつものレモンサワー片手に、適当に答える。

「そう言ってて何年経った？　十年も結婚しないなんて」

十年前からずっと結婚を意識して付き合っていたわけではないけど……なんて思いながら、愛想笑いでごまかす。

「え、何？　内田って彼氏とうまくいってないの？」

今度は鈴井さんと同い年の営業マン、浦沢《うらさわ》さんが参戦してきた。

「うまくいってないわけじゃないですよ」

特別うまくいっているわけでもないけれど。

「内田さんの彼氏が優柔不断だって話」

〝まともな大人じゃない〟〝優柔不断〟結婚しない人間としてのレッテルが増えていく。

「結婚しない理由でもあんの？」

「……彼が最近転職したばっかり、とかですかね」

「あー、ならしょうがないか」

私がまた薄ら笑いを浮かべて、話題は他のことへと移った。


「内田も東西線《とうざい》だっけ」

帰り道、同じ方向の浦沢さんが声をかけてくる。

「内田さ、映画とか観る？」

「結構好きですよ。映画館も行くし」

「この間、配給会社から招待券貰ったんだけど、行かない？」

フリーペーパーの映画特集などを担当すると、映画や試写会の招待券を貰う機会があり、ペアチケットであることも多い。

「行きたいです。ありがとうございます」

脩平も新しい仕事が始まるまでにはまだ時間があるだろうし、出かける時間はたっぷりあるはずだ。

「いつにする？　来週の木曜の夜って暇？」

「え……？」

「え？って、映画。いつにする？　早く感想教えろってしつこくてさ」

まさかの〝浦沢さんと一緒に行く〟という意味だった。

彼氏持ちが他の男性と映画に行くのはありかなしか。頭の中に二択が表示される。

これはあくまで仕事で貰ったチケットを消費することと感想を先方に伝えることが目的だ。

浦沢さんは私に彼氏がいることを知っているわけだし。

「……今のところ暇、です」

◇

翌週木曜、仕事帰りの十八時半。

「飲み物何にする？」

約束通り、私は浦沢さんと映画に来ていた。

誘われたのはアメコミ映画のシリーズもので、平日夜でもシネコンの大きなスクリーンを満員にするような作品だった。

「飲み物くらい、いいって」

支払いをしようとする私を浦沢さんが制止する。

「でもチケットも浦沢さんだったし」

「いや、タダだし」

「…………」

そう、あくまでも付き合いで貰った招待券だ。

浦沢さんにおごってもらっているわけではない。

飲み物だって、私が後輩と出かけたって数百円程度ならおごる気がする。


二時間後。

「腹減ってない？」

「いえ——」と言ったところで、私のお腹が小さく鳴る。

仕事から映画に直行して二時間、当たり前だ。

「なんか食おうよ」

「でも」

「べつにこのあと用事とかないだろ？」

脩平の顔がチラつくけど……用事があるかと言われれば「ノー」。

それから私たちは、近くのバルに入った。

それほどお腹が空いていているというわけでもないから、二人で一枚のピザと生ハムやオリーブなどのおつまみとお酒で乾杯する。

「内田ってぶっちゃけうまくいってないよな。彼氏と」

ベテラン営業マンだからか、お酒が進めば浦沢さんは人懐っこい口ぶりでこちらのガードなんて簡単に越えてくる。

「ケンカとかはないですよ」

「それって一番ダメなやつじゃん。ケンカもないけど本音の会話もないってやつ」

指摘されて、心臓がギクリと音を立てる。

それをごまかすみたいに、グラスに少しだけ残ったスパークリングワインを煽るようにしてゴクリと飲む。

それから、あれこれと質問された。

「浦沢さんだって同じ独身じゃないですか」

「まあそうだけど、十年付き合った彼女はいない」

「…………」

「出ようか」

支払いをまた断られて「まずいな」と思った。

「ここからだと私、中央線《ちゅうおう》の方がいいので。ごちそうさまでした、映画もありがとうございました。おやすみなさい」

本当は浦沢さんと同じ駅の方が楽に帰れるのに、わざと違う路線に乗ろうとする。

「そんな警戒する必要ある？」

「…………」

「もういいんじゃない？　決断力のない彼氏は忘れて新しい方に行ったたって」

浦沢さんが余裕のある表情で笑う。

「おつかれ」

安定した収入、大人らしい余裕。

浦沢さんの背中を見ながら、若菜が言っていたまともな大人という言葉を思い出していた。

「ただいま」

何があったというわけでもないのだから、と何食わぬ顔で帰宅する。

「おかえり」

それでも脩平の顔を見ると胸がざわついてしまう。

「何食べてきたの？」

「えっと……ピザ」

「え、いいな」

「今度行こ。なんだっけ、前に行った窯焼きピザのお店」

後ろめたいことなんて、何もない。

なのに……。

「涼、なんか今日体調悪い？　お酒？」

ベッドの上で、私を見下ろした脩平に聞かれる。

「……そうみたい。ごめん」

自分から誘ったくせに。

「いや、いいよ。寝よっか」

彼は私の顔にかかった髪をよけて、そのまま頭を優しく一度撫でた。

「本当にごめんね」

十年も一緒にいたら、身体を重ねるなんてもう特別なことではないのかもしれない。

だけど今夜は今までずっとそこにあった感覚がない。

「脩平、ぎゅってして」

離れたがったくせに温もりを欲しがる私はわがままだ。

わがままを聞いてもらったくせに、足りないって思ってる。

充電されない。

◇

二週間後の土曜。

今日は若菜と共通の大学時代の友人、ユキの結婚式だ。

「いってらっしゃい」

「二次会まで呼ばれてるから、少し遅くなるかも」

そう言って、私は家を出る。

あれから脩平とは揉めるでもなく穏やかに過ごしているけど、触れ合うようなことはしていない。


結婚式の二次会の会場はおしゃれな雰囲気のダイニングバーだった。

普段の飲み会よりも早い、十七時に乾杯をした。

「旦那さん優しそうだね」

「うふふ」

私の言葉に、ウェディングドレスからカジュアルなワンピースに着替えた新婦のユキがはにかむ。

「涼ちゃんのところもそろそろ?」

　大学時代の友人たちは私たちの時間の長さをリアルタイムで見ているから、最近は必ずこの質問が出る。

「えっと——」

「ぜーんぜん、そんな空気がないのよ」

　若菜が私の中身のない回答を遮る。

「だから今日は新しい出会いを求めてきましたー。ねー?」

　彼女が首を傾げてこちらに同意を求めてきた。

「求めてないってば」

「ユキの旦那さんの友だちだったら身元も職業も安心安全」

「ふふ。そういう出会いは求めてなくても、いろんな人とおしゃべりして楽しんでね」

　ユキは幸せそうに笑って言った。

「ユキ、幸せそうね」

「うん。ずーっと笑ってる」

その幸せそうな空気を祝福している気持ちに嘘はない。

「旦那さん、東大卒だって」

「そうなんだ」

「それで今は大手ゼネコン勤務」

「ふーん」

興味がなくて、テーブルの上の料理を取りながら適当に相槌を打つ。

「新婦のお友だち？」

年上らしき男性が二人、私たちに声をかけてきた。

「新郎の方のゲストさんですか？」

若菜が愛想のいい笑顔と明るい声を向ける。

「ってことは、お二人も東大？」

「いや、会社の同僚だから大学はそれぞれ別だよ」

「じゃあお二人も――」

若菜が嬉々として新郎の会社名を口にする。

自己紹介で肩書きが飛び交うのを聞いていると、大人になったんだと実感する。

「私は結婚してるけど、この子は独身でーす」

「ちょっと」

お酒が入って余計なことを口走り始めた若菜に眉をひそめる。

「え、彼氏は？」

「います」

興味がないことを相手に伝えるように、若菜とは対照的な無愛想な態度で答える。

「でもねー」

「何？　なんか問題？」

若菜にも、反応する男性にも苛立つ。

「長すぎる春ってやつ？」

「あー、長いのに結婚の話にならないんだ」

「しますよ、そのうち」

こんなところでまで適当に笑わなければいけないなんて。ため息も出てこない。

「彼氏何やってる人？　いくつ」

「……会社員です、普通の。同い年です」

「なのに？」

「優柔不断なのよねー」

知った風に言う若菜の言葉にも今日は一段と気持ちがモヤモヤする。

「いつまでも結婚してくれない彼氏なんて、さっさと見切った方がいいんじゃない？」

「…………」

お酒が回ってきたのか、うまく言葉が出てこない。

会ったこともないくせに、よく知りもしないくせに。

この人たちは、鈴井さんは、浦沢さんは——誰の話をしているんだろう。

——彼氏が優柔不断
——決断力のない彼氏
——結婚してくれない彼氏
こんな言葉のどこに本当の脩平がいるって言うんだろう。
だって、本当は……脩平は——。

「そうですね。優柔不断でダメな彼氏です、本当に」

そう言って、私は微笑む。

私が、結婚の話題が出たあとの飲み会に行かない本当の理由。

〝上から目線の言葉を貰うから〟なんかじゃない。

「最低だから、もう別れちゃいたいんですけどね」

こうやって、脩平を悪者にしてしまうから。

「でもかわいそうだし、もう少し付き合ってあげようかなって」

自分は悪くないフリをしてしまうから。

そんな自分に、たまらない嫌悪感を抱いてしまうから。


十九時。

結局彼らの連絡先を聞かずに二次会の会場を出て、若菜にはお説教をされた。

若菜と別れて、ひと呼吸置いてスマホを取り出す。

「あ、脩平？」

『どうした？　終わった？』

「うん……」

『何かあった？』

「あのさ脩平、あの時の――」

そこまで言って、言葉に詰まる。

「やっぱりなんでもない！　私、今日は実家に帰ろうと思う」

『え、パーティーの格好で？』

「うん。実家ならなんでもあるから大丈夫だよ」

聞きたいことが聞けなくて、こんな気持ちで、今夜は彼に会いたくない。

パーティードレスに引き出物の紙袋を持ったまま、新幹線に乗り込む。

一時間も乗れば私の地元の街だ。

飲み物すら買わずに乗り込んだ土曜の車内は予想よりも混雑していた。

なんとか座った座席で、実家の母に【今夜帰るから】とメッセージを打つ。

すぐに既読になって返信が来る。

【急だね。脩平くんと何かあったの？】

「…………」

【何もない】

それだけ送って、周囲の騒がしさから逃れるように目を閉じた。

何もないから、会いたくない。


本当は、脩平は二年前にプロポーズめいたことを口にしている。

『そろそろ結婚する？』

二十六歳。友だちは何組も結婚していて、子どものいる子だっていたし、若菜だって結婚していた。

結婚しないのか、と何度も聞かれたりもしていた。

なのにすぐに首を縦には振れなかった。

『どうしたの？　急に』

『いや、なんかもう七年とか付き合ってるしどうかなって』

——結婚したら子どもの話になるのかな。少なくとも今は全然欲しくない。

はじめに浮かんだのはそんなことだった。

——結婚式とかするのかな。仕事が忙しくて準備してる時間なんてないかも。

次に浮かんだのはそんなことだった。
それにあの頃、脩平は仕事を辞めたがっていた。
『……ごめん、今じゃないと思う』
私がそう答えて、脩平が『……そっか』と言って、その会話は終了した。
『結婚する？』『どうかなって』
私に委ねるような聞き方が嫌だった。
結婚したい、そう言ってくれたら、結婚していたのかもしれない。
あれから私たちの間には結婚の話題が出なくなった。
だけど別れもしていない。
あの時、脩平は本当に結婚したかった？
今はどう思ってる？
聞きたくても聞けない。
私たちの関係が本当はもうとっくに終わってるんじゃないかって思ってしまうから。
あの頃からほんの少し、お互いの本音が見えなくなった気がしてる。

「べつに焦って結婚する必要なんてないと思うけど」

鬱々《うつうつ》としていた私に、あっけらかんとそう言ったのは母だった。

実家に着いたのは二十一時近く。急な帰省に詮索されないはずもなく。

母のいれてくれたお茶をすすりながら、今の状況を正直に話した。

「孫の顔が見たいとかないわけ？」

「あら、あんた意外と古臭いこと言うわね」

六十歳の母に呆れられてしまった。

「まあお父さんがいたらそういうことも言ったかもしれないけど」

父は二年と少し前に病気で他界した。

どちらかというと真面目で堅物な人だったから、私のデザイナーという職業にもいい顔をしなかったし、脩平と結婚せずに同棲していることにも不満があったようだった。

「だけど結婚して、かえって苦しくなることもあるわよ」

母は「ふぅ」とひと息漏らした。

「お母さんね、お父さんがあと二、三年病気になるのが遅かったら、その前に離婚してたと思う」

「え……」

「あんまり合わなかったのよ、お父さんと。嫌いってほどではないけど、お姉ちゃんと涼が出て行ったこの家で、ずっと二人で過ごしたいとも思えなかったの」

母の本音を初めて聞く。

「え、でも……自分で選んで結婚したんだよね？」

「そうね。あんたの言うまともな人を選んだかな。話だってそれなりに弾む相手ではあったけど」

母はお茶をすすりながら父のことを思い出しているようだった。

「まあ、お金に困らなかったのは感謝しているわね。子ども二人も独り立ちさせられたし」

「じゃあやっぱり、正解じゃない」

「でも、老後を一緒に過ごそうとは思えなかったのよ。ある部分では正解だったし、そうじゃない部分もあった。私にとっての、ここから先のパートナーではなかった」

母の口から出る〝パートナー〟の響きは、私と脩平の関係とは違うんだろうか。

「みんな自分の人生しか生きたことがないんだから、他人の人生の正解なんてわからないし、ましてや責任なんて誰も取ってくれないわよ」

若菜の顔を思い浮かべながら、お茶をひと口飲む。

「私は好きよ。脩平くん」

母の方を見る。

「お父さんのお通夜に来てくれたでしょ」

「うん」

「あの時ね、『寂しくなったらいつでも遊びに来てくださいね。呼んでくれたら涼と一緒に駆けつけるし』って言ってくれたの」

「え、いつ？」

「お通夜が終わって、涼がお風呂に入っている時だったかしら」

脩平が母と会えば二人で話すことは珍しくない。だけどそんな会話は初耳だ。

「たったそれだけだけれど、涼の相手が脩平くんでよかったって思った」

「そんなことだけで」

「まあ、そうね」

母は笑っている。

「結婚と別れの二択だなんて思い込んでるみたいだけど、そこに至るまでのペースなんてそれぞれよ。どちらかを選ばなくちゃいけないなんて法律があるわけでもないし。結婚してから不倫だ離婚だって揉める家庭なんていっぱいあるでしょう」

「みんな幸せそうでそんな風に見えない」

「まだ若いからよ」

そういうものかと半信半疑で受け入れる。

「あんたと脩平くんには圧倒的に話し合いが足りない」

思わず眉を寄せてしまう。

「今何をどう思っているのか、将来どうしたいのか、一度徹底的に話し合いなさい。結果的に別れるんだったらそれまででしょう。いつでも戻ってきていいわよ。以上」

強制的に話が終わった。

今夜ここに来たのは正解だった。

今この瞬間に、脩平に会いたいって思っているから。

シャワーを浴びながらそんなことを思う。

翌朝。

「あれ」

昔の自分のベッドで目を覚まし、枕元のスマホがうまく充電されていないことに気づく。

この二か月ほどの間、充電ケーブルを買い替えてからも何度もこういうことがあった。

「やっぱり……」

薄々気づいていたけど、原因はケーブルじゃなくて本体の方にあるようだ。

機種が古くなっていてバッテリーの調子がおかしいらしい。

……私が充電されないのも、私の方に問題がある。

そのことにだって気づいていた。

〝優柔不断〟。それは脩平じゃなくて、私。

――『結婚する？』『どうかなって』

言葉尻なんて本当はどうでもよかった。

ただ決められなかった。

結婚するのが正しいって、まともだって思っていたから。

その相手が脩平でいいのか、他人がどう思うのかばかり気にしていたから。

「色々とありがとう」

カジュアルな服装に、ドレスと引き出物を入れた紙袋を持って玄関先で母に言う。

「ちゃんと話し合いなさいよ」

「うん」

午前のうちに家を出て、駅に向かいながらスマホを取り出す。

聞き慣れた呼び出し音にドキドキする。

充電がもつかどうかも、そのドキドキの原因の一つだったりするけれど。

〝今じゃない〟。その気持ちは今も変わらない。

結婚式だって面倒くさそうだって思うし、子どもだって全然リアルに考えられない。親戚付き合いだって疲れてしまいそう。

だけど……。

映画を観に行って、映画の感想じゃなくて音楽の話をする脩平といるのが好きだって思ったよ。

会ったこともない人間を悪く言ったりしない脩平が好きだって思ったよ。

『はい……』

「あ、脩平。寝てた？」

『ん』

いつも通りの声にホッとする。

「ねえ脩平、帰ったらスマホの機種変しに行きたいから付き合ってよ」

『急にどうした？　まあいいけど』

「それでそのあと――」

ちゃんと二人で話し合おう。

結婚したってしなくたって、私はあなたと一緒にいたいから。

fin.

さよなら、ブラザー

マンガでよくある〝家が隣同士で、同い年の幼なじみ〟は現実に存在するか、と問われれば……。

「奏《そう》、このマンガの二十三巻持ってない？」

「お前、勝手に部屋に入って来んなって何回も言ってんだろ？」

「本棚に入ってる？」

「おい、聞けよ。本棚漁んな」

答え：私の生活圏内には存在する。

男臭い部屋のベッドで寝ていたその幼なじみは、とても不機嫌そうな顔をしている。

では、少女マンガみたいに〝幼なじみと胸キュンな恋愛〟は始まるか、と問われれば……。

「あったー！　借りてくね！　じゃ！」

「陽菜《はるな》、ちょっと待った」

幼なじみが珍しく私を引き留める。

「何？　真剣な顔して」

愛の告白か？なんてふざけた想像をしてみる。

「俺、結婚することにしたから」

答え：少なくとも私たちは、始まらない方の幼なじみだ。

私、五十嵐《いがらし》陽菜・二十六歳。チェーンの雑貨店を展開する会社に勤務している会社員。ゆるめにパーマのかかったロングヘアに、服装は普段から派手すぎないオフィスカジュアルって感じのものを着ている。マツエクだってネイルだって月一でメンテしている。見た目だけはそれなりにきれいにしている大人の女をやっていると思う。

そして今、真剣な顔で、人生であまり言う機会のなさそうなことを口にしたのは幼なじみの深瀧《ふかたき》奏。同い年で仕事はどこかの会社のウェブエンジニア。部屋では油断して、中学生みたいなロゴパーカーにダサい短パンを履いている。

「へ？　誰が？」

「俺って言っただろ？」

奏は眉間にシワを寄せた。

「誰と……？」

「彼女と」

いや、当たり前じゃん。お見合いするなんて話は聞いたことないし、結婚するなら彼女でしょ。

「そっか……急だからちょっとびっくりした。そっかそっか、おめでとう」

私は驚きすぎて、なんだかうまく笑えない。

「今度陽菜と光《ひかる》にも紹介するから」

光は私の六つ下の弟。現在大学生。

「陽菜と光は俺の妹と弟みたいなもんなんだから、お前らだって長い付き合いになるだろ」

お隣同士だもんね。うん、長い付き合いになるね。

言葉には出さず、頷いて応える。

「っていうか妹って。光はともかく、そっちが弟でしょ。誕生日は私の方が早いんだから」

「そうだよな、お前の方が年寄りだった」

私は拳を作って奏の腕をこつんと軽く小突いた。

「やっぱり妹でいい」

私たちはずっとこんな感じだ。

お互いを、心の底から本当の兄か弟か姉……とは思ってなさそうだけど、妹かのように思っている。

生まれた時からずっと、小中高だけでなく大学も、そして就職先も通える範囲だったおかげで、隣同士の家に住み続けている。学校だって高校までは一緒だった。

家族ぐるみで仲よしだから、こんな風に家にも自由に出入りしている。

それにしても……昔は一緒にお風呂なんかにも入ってて、私よりも背だって低かった奏が結婚。

マンガを借りて奏の部屋を出てからも、うまく回らない頭でボーっと考える。

「ただいまー」

「あ、陽菜。奏くんにマンガ借りれた？」

光が玄関に顔を出す。

「奏、結婚するんだって」

質問を無視して伝える。

「ええ⁉　誰と？」

「彼女に決まってるでしょ」

この反応。光もまったく予兆を感じていなかったんだ。

「彼女って誰？　会社の人？　なんかすっげー急じゃない？」

「知らないし。本人に聞いてよ」

私は早々に自分の部屋に戻ると、マンガと一緒にボフッとベッドにダイブした。

「……奏が結婚」

ポツリとつぶやく。

「奏が結婚？」

今この瞬間、世界でもっともピンと来ていない言葉なんじゃないだろうか。

「あんなに子どもっぽいパーカー着てるくせに？　はぁ？」

驚きと困惑と〝あんなにガキっぽい奏がこんなに早く結婚できるなんて納得できない〟が混ざって、鏡を見なくてもわかるくらい思いっきり顔を歪めてしまった。

◇

一か月後。

七月の日差しがまぶしい日曜の午後。

私は深瀧家の居間で、大きな座卓の前に正座している。

「こちらが俺の婚約者の芹香《せりか》さん。大学の後輩で、俺の一個下」

「芹香と申します。どうぞよろしくお願いします」

ストレートの艶やかなセミロングヘアが上品な彼女は、優しい声で挨拶すると穏やかに微笑んだ。

周りの空気を柔らかくするような素敵な女性だと、その場にいた全員が感じたと思う。ついでに、奏にはもったいないとも思ったはずだ。

「落ち着いてるように見えるけど、結構天然なとこあるから。みんな暖かい目で見てやって」

奏が冗談めかした口調で言うと、芹香さんは「もー！　余計なこと言わないで」と、頬を膨らめた。仲のよさを感じさせるやりとりだ。

それから奏は、芹香さんに順番に家族を紹介していった。

「……で、これが陽菜。俺と同い年で俺の妹みたいなもん」

私もその紹介に疑問を持たずにぺこりと頭を下げる。

「同い年で、妹みたいなもん？」

芹香さんは訝《いぶか》しげに少し眉を寄せた。

まぬけな私は、その時初めて気がついた。

〝異性の他人〟が家族への婚約者のお披露目に同席しているというおかしな状況に。

「あー！　えっと、幼なじみなんです。いつもは弟もいるんですけど」

光は友だちとの約束を優先して、ここには来なかった。

「家がたまたま隣で、奏がこーんなにちっちゃい時から知ってて、本当に兄妹《きょうだい》みたいな感じで」

慌てて手のひらを畳に向けて、子ども時代の奏の身長を示す。

「そんなに小さいわけねえだろ」

彼が突っ込みを入れるけど、問題はそこじゃない。

奏、さすがに空気読めてなさすぎるよ。

自分の恋人と親しい同年代の異性なんて、紹介されたら私だって困惑する。

あまりにもナチュラルに兄妹をやりすぎていて、今の今までまったく気づかなかった。

「え、えっと、奏が女の子みたいな声の時から知ってるから、むしろ奏が妹みたいっていうか」

「おい、さすがにそれはないだろ?」

いいからあんたは黙ってて!と、心の中で奏に噛みつく。

要らぬ誤解を生むようなことがないように、人が気を使っているというのに。

思わず小さくため息をついてしまった。

「そうなんですね。陽菜さん、これからどうぞよろしくお願いします。奏さんの小さかった時のこと、たくさん教えてくださいね。弟さんにもまたいつかご挨拶させてくださいね」

芹香さんは、他の家族に向けるのと変わらない顔で微笑んでくれた。

他の幼なじみたちがどうなのかは知らない。

だけど私と奏は、男と女なんかじゃない。

◇

幼稚園の頃はまだ光も生まれていなかったから、よく二人だけで遊んでいた。

『あら、奏ちゃんがエプロンしてるの？』

ままごとをする時はいつも大人が不思議そうな顔をした。

『だって奏ちゃんが料理したいって言うんだもん』

『はるちゃんがネクタイしたいって言った』

私たちは大人の考えるステレオタイプな男女の社会的役割なんて完全に無視した現代的なままごとをしていた。と言っても、お互いに興味があることに自由だっただけだけれど。

しばらくして光が生まれたら、奏は私よりもよっぽど早く赤ちゃんのお世話を身につけた。

『あー！　やっぱり！　私がだっこすると赤ちゃんすぐ泣いちゃう』

『かして』

光は奏がだっこすると嫌みなくらいすぐに泣き止んで、きゃっきゃと笑う赤ちゃんだった。

そんな始まりだったから、そもそも私たちには男とか女とか、そういう感覚がなかった。

◇

芹香さんに会って二週間後の週末、今度は光も一緒に奏の家にお邪魔している。

「これはハロウィンですか?」

私たちの家から持ってきた子どもの頃のアルバムを、芹香さんに見せている。

「そうそう、小学四年生くらいかな。なぜか奏が魔女で私と光がゾンビで」

「ゾンビの俺たちが怖くて、奏くん泣いちゃったんだよね」

「え?　そうだっけ?　覚えてない」

大泣きしたくせに、芹香さんの前ではかっこつけたいんだ。

思わず吹き出しそうになる。

「奏ちゃん、昔から怖がりなんだ」

クスクスと笑う芹香さんのひと言に、ニヤけていた口元がピクッと引きつる。

「昔も今も怖がりじゃないけどな」

「でもこの前もホラー映画観てた時、怖がって顔を背けてたじゃない」

なんだ。べつにかっこつける必要なんてないいんじゃない。

よく考えたら当然だよね、結婚するんだから。

「奏ちゃんって呼んでるんだ」

「あ、えっと……はい」

彼女が照れくさそうに頷く。

「懐かしい。私も子どもの頃は奏ちゃんって呼んでたな」

アルバムを見ながら言って、ハッとする。

今、マウント取ったみたいじゃなかった?

〝私の方が昔から知ってて、昔から仲がよかったんだよ〟って言ってるみたいじゃなかった?

「あ、光も昔はそう呼んでたよね！」

急いで弟に話題を振って、頷かせる。

「そうなんですね、お揃いで嬉しいです」

芹香さんが笑ってくれてホッとした。

「今は芹香さんくらいしかその呼び方してないんじゃないかな。あ、ねえほら、こっちは――」

話題を変えたくて、アルバムのページを次々とめくっていく。

◇

小学校高学年になった頃だった。

『もう、ちゃん付けで呼ぶのやめろよ』

『えーなんで？　奏ちゃんは奏ちゃんって感じだよ』

『なんかガキくさいじゃん』

そのずいぶん前から、奏は私を『はるちゃん』とは呼ばなくなっていた。

きっとまわりの友だちにからかわれたんだと思う。

『そんなこと言う方がガキくさいと思う』

『いいから。光にも言っとけよ』

幼稚園児の光にまで呼び方の変更を強制するなんて、なんてガキくさいんだろうと思った記憶がある。

そうやって、私たちは少しずつ少しずつ、周囲に対しては男子になって、女子になっていった。

それでも光も交えてずっと一緒に遊んでいた。

◇

「懐かしい。ばあちゃんちじゃん」

奏が、アルバムのある一ページで手を止める。

「あ、本当だ」

それは、奏のおばあちゃんの家に三人で遊びに行った時の写真だった。

その写真は私たちが小学校五、六年生くらいの時のものだったけど、もっと前から毎年……それこそ光が生まれる前から、夏休みの一週間は彼と一緒に奏のおばあちゃんの家に預けられていた。どちらの家も両親が共働きだったから、ちょうどよかったんだと思う。

「懐かしいね。海も山も近くって」

毎年色々なことをして遊んだ。

「ばあちゃんの麦茶、おいしかったよね」

光が言った。

そういえば、おばあちゃんの家に着いて最初に出される麦茶は、家で飲むのと全然違うおいしさだった。

「おばあちゃん、元気?」

高校に上がる頃にはもう光もしっかりしてきて、二人だけで留守番ができるようになっていたから、夏休みもおばあちゃんの家には行かずに自宅で過ごすようになっていた。

「元気元気。陽菜にも会いたがってたよ」

「へえ、私も――」

またハッとする。

「芹香さんはもうおばあちゃんに会った？」

「いえ、今度行こうねって言ってるんですけど」

「おばあちゃん、きっと喜ぶね」

できるだけ自然にニコリと微笑む。

奏のおばあちゃんの家。

それって、つまりは私にとっては他人の家だ。

奏が結婚したら、私が行くことはきっともうない。

◇

『奏！　見て見て』

『えー？』

おばあちゃんの家に行った時の記憶。

私が呼び止めたら、奏が振り向いた。

『おしゃれでしょ』

私の頭にはセミの抜け殻が付いている。

私は奏が笑ってくれるかなって、冗談のつもりで付けていた。

そしたら奏は……。

『かっけー！』

『え？』

『俺も！　俺も付けたい！』

目を輝かせて、急いでセミの抜け殻を探しに行った。

想像していなかった反応と、頭に何個もセミの抜け殻を付けて戻ってきた奏の姿がおかしくって、幼い私はケラケラと大笑いしたのを覚えている。


私たちは本当に兄妹みたいだった。

そういう記憶が、二十数年分も頭と胸に残ってる。

だけどもう、その記憶が今までと同じように更新されることはないんだ。

不意に、セミの声や、麦茶の香り、それからおばあちゃんの家の柱時計の音なんかが思い出の中の五感を刺激した。

◇

「奏、今年の夏休みの予定って決まってる？」

芹香さんとアルバムを見た次の日、私は彼に尋ねた。

「えー？　ああ、芹香と旅行に行く以外は家で引きこもってネトゲでもするつもり」

彼女とはちゃんと旅行に行くんだ。今までは存在を隠されていたから知らなかったけど、結構マメなタイプなのかもしれない。

「じゃあさ、ひさしぶりに光も連れて奏のおばあちゃんの家に行かない？」

「え？　なんで」

突然の提案に、奏は若干困惑している。

「なんでって。いいじゃないない、奏の独身最後の思い出に幼なじみと幼少期の思い出巡り。私だって奏のおばあちゃんにひさしぶりに会いたいもん」

「じゃあ芹香も誘って――」

「気使うの嫌だな。日帰りでいいから、三人だけで行きたい。光はオッケーだって言ってたよ」

わかりやすく、奏の言葉を遮るように言う。

それから、彼の目をじっと見る。

「わかった、行こう。ばあちゃんに言っとく」

奏はため息交じりながらも了承してくれた。

◇

奏のおばあちゃんの家は、私たちの住んでいる街から電車で二時間ほどのところにある。

はじめは親の付き添いがあったけれど、小学校の高学年になる頃には向き合って座って、二人だけで電車に揺られてた。

それから光も一緒に行くようになって、三人でたくさんおしゃべりをしながら小さな旅をした。

「ひさしぶりだね、この感じ」

八月の終わり、奏のおばあちゃんの家に向かう。

「そうだな」

「ひさびさに三人で座ると狭いね」

すっかり大人になった光が眉を寄せて言う。

「二人とも手、出して」

キョトンとしたまま差し出された奏と光の手のひらに、丸くてカラフルなチョコを何粒か出す。

「これも定番だったでしょ？」

私はニコッと笑った。

「うわーそうだったな、懐かしい。俺がチョコのお返しにグミ出そうとして、袋の中で全部くっついてたことあったよな」

奏がチョコをつまみながら昔を懐かしむ。

「あったあった」

「フルーツグミが全部くっついちゃって何味かわからないの」

巨大なグミだった物体を思い浮かべて三人で笑う。

「せっかくだから、それも再現すればよかった」

「やめてよ、ベタベタのグミを完食できるほど元気じゃない」

くすくすと苦笑いをする。

「あとあれもやったよね、駅で三人同時に自販機ボタン押して、何が出るかわからない飲み物を買うってやつ」

「あれ俺、小さかったから下の方しか押せなくてつまんなかったな」

あの頃は、ペットボトルの飲み物だってよくみんなでシェアしてた。

「全部懐かしいな」

「うん」

奏のおばあちゃんの家に行った夏は、いい思い出しかない。

電車は、あの頃と同じリズムでガタンゴトンと揺れている。

「お、キラキラトンネル」

進行方向を向いている奏が言ったのとほぼ同時に、窓の外が真っ暗になる。

〝キラキラトンネル〟というのはもちろん私たちがつけた名前だ。

「あ、じゃあ――」

進行方向に背を向けていた私は、窓を進行方向に向かって覗き込む。

その視線の先に、トンネルの出口の光が見える。

それから……。

「あーこの景色、奏のおばあちゃんちに行くんだって感じがする」

トンネルを抜けると、車窓の景色が一気に一面の水平線に変わる。

どこまでも広がる海がキラキラと輝くから、あのトンネルをキラキラトンネルと呼ぶようになった。

ここまで来たら奏のおばあちゃんの住んでいる町も近い。

私は車窓の水平線を目に焼きつけるように見つめてしまう。


「おばあちゃん！　ひさしぶりー！」

「あらー！　陽菜ちゃん、きれいになって。あらあら、もしかして光ちゃん？」

「『ちゃん』はやめてよー」

奏のおばあちゃんは今年で七十八歳になると、奏から聞いている。

相変わらず元気そうではあるけれど、最後に会った中学生の頃よりずいぶんと小さくなったように感じた。

思わずぎゅっと、抱きつく。

「あらあら」

おばあちゃんが背中を優しくポンポンと叩いてくれて、郷愁めいたもので胸がいっぱいになった。

昔ながらの日本家屋って感じのおばあちゃんちは、山が近いからか、縁側から室内に風が通っていてエアコンがついていなくても気持ちがいい。

柱に取りつけられた振り子時計が「ボーンボーン」と正午を知らせる。

「どうしよう、何もかもが懐かしい」

縁側に面した居間に座って、私は室内をキョロキョロと見回す。

「見ろよ陽菜」

奏に呼ばれた方を見ると、彼が緑の羽根のレトロな扇風機に顔を向けている。

「ワレワレハウチュウジンダ」

扇風機の羽根に向かって声を出す、昔ながらの遊びをする奏。

「それひさびさに聞いた〜。なんなら中学生ぶりかも」

最後にここに来たとき以来なんじゃないだろうか。

「この扇風機まだあったんだな」

「お年寄りの家って、なぜかものが壊れないよね」

おばあちゃんが出してくれた麦茶が入った花柄のガラスの容器もコップもあの頃と同じ。

まるで時が止まっているみたい。

「あーやっぱこの麦茶うまーい」

光が大きな声で言う。

「ばあちゃん、絶対なんか入れてるでしょ」

「特別なことなんて何もしてないわよ」

「嘘だ〜！　ぜーったいなんか隠し味が入ってる」

「ちょっと光！」

光が毎年同じことを聞いておばあちゃんを困らせていたのを思い出した。

「でも本当、特別おいしいよね。この麦茶」

つい、味わうようにしながらその香ばしい麦茶を三杯もおかわりしてしまった。

隠し味なんかじゃなくって、ちゃんとヤカンで丁寧に煮出した麦茶の味なんだってわかってしまうのも、大人になったってことだ。

それから私たちは、おばあちゃんと、のそのそと起きてきた奏のおじいちゃんと一緒にそうめんを食べながら昔話に花を咲かせた。

この家は、二人は、私たちを十年前にタイムスリップさせる。

◇

『光が怖がってるじゃん！』

あれは……中学校に上がった頃だったっけ？

『僕怖くない。怖いのは奏ちゃんでしょ』

『おい、奏ちゃんて呼ぶなって何回も言ってるだろ』

夜中に三人で布団を抜け出して、電気の消えた暗い居間のテレビで心霊現象特集の番組を見たことがある。

この家はネットがつながっていないから、動画を見られるのはテレビだけだった。

私たち兄妹は全然へっちゃらなのに、奏は明らかに怖がっていて、それなのに強がって一緒に見るって言ってたのがおかしかったっけ。

『呪いの本って、舞《まい》ちゃんが言ってたやつだ』

テレビ画面に、その本が映る。

怖くないとは言っていても、光も私もまだ子どもだったから正直結構怖かった。

見ると呪われると言われるそのページがめくられようとした時だった。

——ボーンボーン……。

『うわぁっ！』

いいタイミングで鳴った柱時計の音に驚いた奏が、私にガバッと抱きついた。

『かっこ悪い……』なんて言いながら、その時は一瞬、ドキッとしてしまった。

◇

午後二時。

光はおじいちゃんの部屋で積もる話に花を咲かせているようだ。

「スイカも食べるかい？」

居間でぼーっとしていた私と奏に、おばあちゃんがスイカを切って縁側のお皿に並べてくれた。

「こんなに日本の夏を満喫してたなんて、あの頃はただ楽しいだけでこの贅沢さに気づいてなかったよね」

縁側の外に足を放り出して、奏と並んで座る。

「そうだな。ガキだったから、毎年これが当たり前だと思ってたな」

「…………」

本当に、贅沢だ。

「……なんでスイカに塩かけるの？」

「なんでって、甘くなるじゃん」

「ずっと思ってたけど、絶対そんなことないよね？」

「まあ陽菜の舌じゃ理解できない繊細な変化だからな」

「はあ？　私は塩なんかなくてもスイカの甘みを感じられるんですけど」

こんな風にくだらない口ゲンカができるのも、贅沢なのかもしれない。

「陽菜、このあとどうする？　海でも行く？」

山だけでなく海も近いこの家に来たら毎年、一週間の間に何度も海水浴に行ったり海辺を散歩したりした。

だけど私は首を横に振る。

「行かない」

「なんだよ。つまんないな」

「だって、これ以上思い出したくないんだもん」

私の言葉にスイカにかぶりつこうとしていた彼の動きが止まって、顔をこちらに向ける。

「今日、一緒に来てくれてありがとう」

「あらたまってどうした。また来ればいいじゃん」

また、首を振る。

「わかってるでしょ。最後だって」

この場所と私はなんの関係もないんだって。

「奏、私ね」

言うべきかどうか、とても迷うけれど。

「嫌なんだ、芹香さんがここに来るの」

奏は黙っている。

「彼女が奏のことを『奏ちゃん』って呼ぶのも嫌だし、アルバムを一緒に見るのも嫌。うちに来たいって言ってるのも、本当は嫌なの」

思い出を教えるのも、心の底では嫌なんだ。

それに、これからの思い出全部に彼女が関わってくることも。

「ここにいても、きっと海に行っても……ああ、次はきっと奏は芹香さんと来るんだろうなって想像しちゃうのも嫌」

「何？　それって……恋愛的なやつ？」

「さあ？　わかんない」

「わかんないって」

「違うと思うよ。兄妹を取られたとか、知らない人がテリトリーに入って来たとか、そういう子どもっぽい感情だと思う」

私はそう思ってる。

急に奏だけ大人になってしまったみたいで、それも苦しい。

「だけど、私は女で、奏は男なんだよね。はたから見たら……芹香さんから見たら」

いっそ本当の兄妹に生まれたらよかったのに。

「芹香はお前らのこと好きだって言ってたよ」

「奏、鈍感すぎでしょ。光はともかく彼女は私にずっと気を使ってるし、内心はずっとモヤモヤしてるはずだよ」

だからもう、なるべく彼女の視界に入らないようにしてあげることしかできない。

「けど俺らって、兄妹みたいなもんだろ？」

「でも、兄妹じゃない。私と光とは、全然違うよ」

あの夜一瞬ドキッとしたみたいに、奏のことが嫌いじゃない以上、感情がどこでどうなるかなんてわからない。

「だから今日限り、距離を置こう」

奏の目を見て言う。

彼は言葉を発しない。

「あ、でも光は男の子だからさ、今まで通り遊んであげてよ」

「うん」

その『うん』は、距離を置くっていう提案にも同意したってことかな。

「けど陽菜。それ、いらない気づかい」

奏はスイカにかぶりついた。

「俺、そのうち引っ越すから」

「え」

「海外転勤することになった」

彼の言葉に、一瞬変な間ができた。

「……あーなるほど。……それで結婚」

急な結婚に合点がいった。

動転して鼓動は少し早くなっているけれど。

「最低三年は帰ってこない」

それは、ちょうどよかった。これで幼なじみの縁も終わ——

「だからさ、帰って来たらまた会おうよ」

「でも」

「芹香と結婚して、ちゃんと磐石《ばんじゃく》な信頼関係を築くように努力するよ。三年もしたら子どもだって生まれてるかもしれないよな」

「奏が父親とか、想像できない」

思わず苦笑いをしてしまう。だけどきっといつかはやってくる日なのだろう。

「お前だって結婚したり、しなかったりあるだろうし。その頃には芹香がいることにも慣れてるだろ」

「しなかったりって何よ。常に彼氏くらいいますけど？」

まあ、それと結婚は直結しませんけど。

「まあ、なんでもいいけど」

「なんでもいいって……」

「とにかくさ、貴重な幼なじみって関係を終わらせるんじゃなくて、一時休止ってことでいいじゃん。じいちゃんばあちゃんになったら、みんなでお茶とかしたくない？」

「……それって何十年休止するわけ？」

私もなんてことないって顔でスイカにかぶりつこうとしたけど無理だった。

「あー！　奏くんが姉ちゃん泣かしてるー！」

おじいちゃんの部屋から出てきた光が指をさす。

「ケンカ？」

「バーカ。違えよ」

私は今日、ここに来るまで「さよなら」って言うことしか考えてなかった。

「またね」って言ってもいいのかな。


夕方六時。

おばあちゃんが駅まで見送りに来てくれた。

「じゃあね、おばあちゃん。またいつか」

奏のおばあちゃんに会うのはさすがに最後かもしれないから、またギュッときつく抱きしめた。

名残惜しくて、何度も何度も振り返って手を振って、電車に乗り込む。

「終わっちゃったね」

「ひさびさに来て超楽しかった！　来年もみんなで来ようよ」

何も知らない光が無邪気に言う。

電車に乗ってすぐに訪れたキラキラトンネルは、まるで夢から現実につながる出口みたいに夜の暗い住宅地へと抜ける。

子どもの頃は寂しくて大嫌いだった瞬間だ。

だけどよく見ると夜空には星が瞬いていて、これはこれで案外悪くないと思っている。

「海にも行けばよかったかな」

黒い車窓に映った自分に、ポツリとつぶやく。

「またいつか、行けばいいんじゃねえ？」

奏も窓の方を見ながらつぶやいた。

「そうだね、またいつか」

それは何年後か、何十年後か。

それに、周りにはどんな顔ぶれがいるのだろう。

未来は全然想像がつかないけれど……。

それまでしばらく、さようなら。

fin.

午後六時のエンドロール

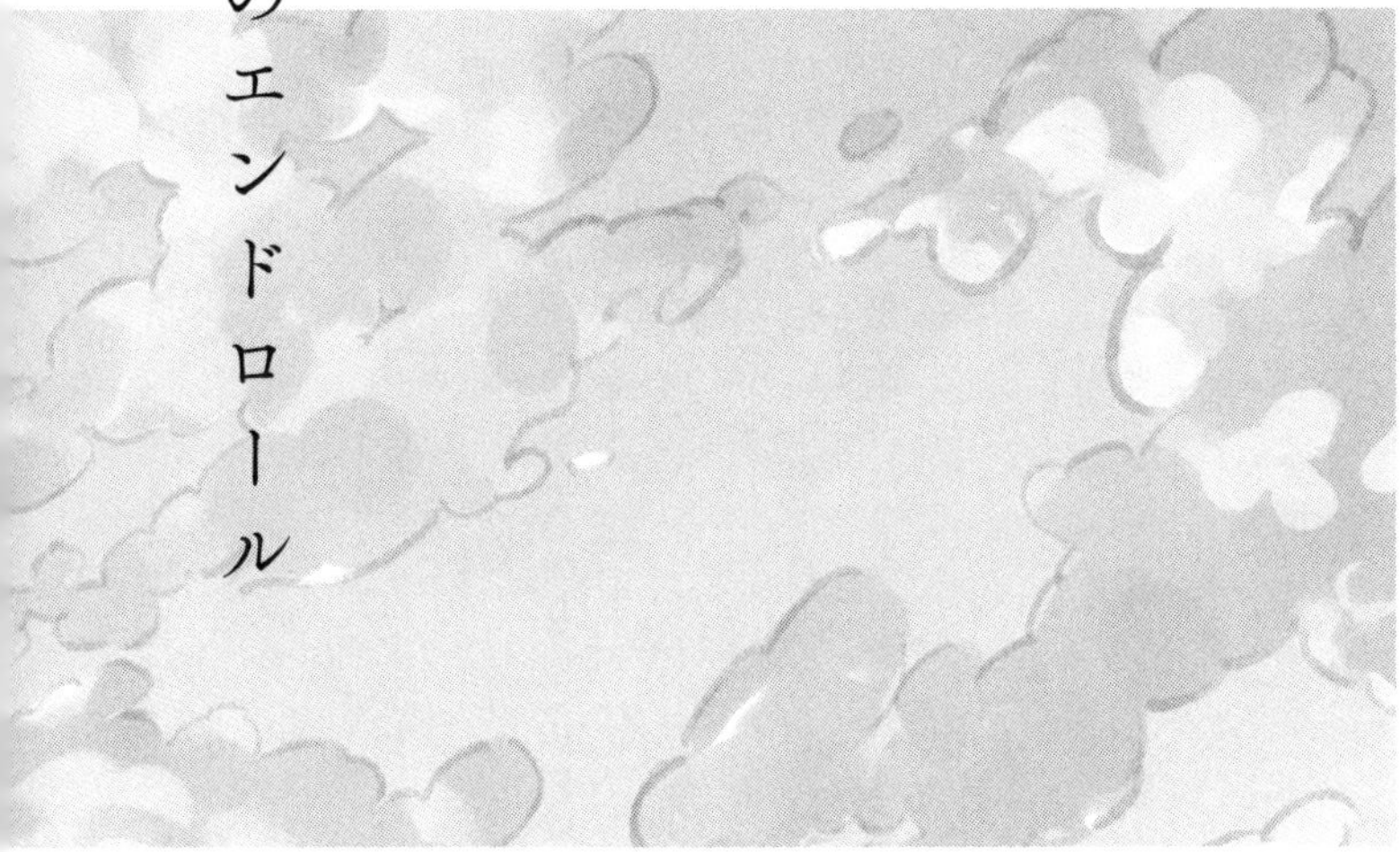

「……帰りたくないなぁ」

会社の同僚との飲み会の帰り道。

大通りに差しかかって、行き交う車の灯りに照らされながらぽつりとつぶやく。

目の前には、後輩男子の鷹野《たかの》くん。

帰りの電車を検索していたスマホからこちらにうつした視線には、少しの驚きと戸惑いが見て取れる。

「帰りたくない」

お酒が入って判断能力が少しだけ鈍っているのは自分でもわかってる。

それでも意識ははっきりしているから、明日になったら忘れて責めてしまうなんて無責任なことはないはずだ。

「鷹野くんは、もう帰りたい？」

先輩らしい口調、弱い女の声色。……我ながら慣れていない感じが出てしまっている気はする。

彼はどこか物言いたげな、迷っているような表情。

だけど鷹野くんはきっと断らない。

「日出《ひので》さん、酔っ払いすぎじゃないですか？」

私は首を横に振って否定する。

「そんなに飲んでないから酔ってないよ」

本当は酔いたかった。

酔ってしまいたかった。

だけど酔えなかった、あの空間では。

……だって、余計なことを口走ってしまいそうだったから。


鷹野くんこと鷹野壱沙《いっさ》・二十五歳と、私こと日出珠理《じゅり》・二十七歳は、家具とインテリアの雑貨メーカー『エリオット』の営業部に所属している同僚同士。

鷹野くんは新人の頃から私が面倒を見てきた後輩だ。

入社当初は着慣れていなかったスーツも今ではすっかり様《さま》になっている。

彼は爽やかで優しい見た目そのままの人当たりのいい性格で、先輩や上司にかわいがられている。

私は……他人評価では多分、いわゆる強い女。

猫目ではあるけど、性格はそんなにキツくないと思うんだけど。


今夜は同じ部署の仲間たちとの飲み会だった。

そして今は居酒屋での二次会を終えたところで、時刻は二十三時。

私がジッと見つめると、彼は「ふうっ」ってため息をついて「やれやれ」って顔をして口を開く。

「まあ終電までまだあるし、もう一軒だけ行きましょうか」

◇

【キネマBar】と書かれた小さくてレトロなネオンサインの看板を目の端に見ながら、狭い階段をのぼる。

「こんなお店あったんだ。あ、あの作品大好き」

カウンター席に隣り合って座って、あたりをキョロキョロと見回す。

二人だけの三軒目に鷹野くんが連れてきてくれたのは、映画をテーマにしたお酒が飲めるバーだった。

仄暗《ほのぐら》い店内には、ところせましと映画のポスターが貼られている。

アメコミ映画のキャラクターフィギュアや俳優のサイン色紙なんかも飾られていて、店内に流れる音楽も映画のテーマ曲ばかりだ。

そこかしこから、お客さんたちの映画に関する会話も漏れ聞こえる。

「去年できたんですよ。いつか日出さんと来たいなって思ってたから、来れて嬉しいです」

どう考えても私の方が無理やり付き合わせてしまったのに、鷹野くんは穏やかに微笑む。

彼が口にした『日出さんと来たいなって思ってた』は、下心的な意味ではない。

「え、すごい！　こんなにマニアックな監督の作品までカクテルになってる」

「二百種類以上あるみたいですよ。メニューに載ってない作品でも、リクエストしたらイメージで作ってくれるらしいです」

「そうなんだ、すごいね。何にしようかな……。好きな監督でいくか、それとも作品でいくか……」

映画のタイトルがズラリと並んだカクテルのメニュー表につい興奮してしまう。

そんな私を見て、鷹野くんがクスッと笑う。

そう、私たちは二人とも映画が好きなのだ。

〝エリオット映画部〟を称して、二人で新作から名作まで映画の情報交換やＤＶＤの貸し借りなんかをしている。

メニューを上から順に見ていくと、ある作品名で人差し指が止まる。

「あ、じゃあ……『マイラズベリーナイツ』にする」

しばらくして、予想していたピンク色よりもどちらかというとオレンジ色に近い色味のお酒がカウンター越しに提供される。

「映画部にかんぱーい」

鷹野くんが注文した、サスペンス映画をイメージしたなんとも言えないグレーのお酒と、グラスを静かにぶつけ合う。

ラズベリー風味のそれは甘酸っぱくて、スムージーのような細かい氷の粒が入っていた。

「あまい……」

そうつぶやいた私の脳裏に苦い記憶が浮かぶ。

もったりとして冷たい舌触りの甘いカクテルが、記憶の苦味を一層鮮明にする。

──『珠理、あのさ』

飲み込むタイミングが一拍遅れた。

「……日出さん、何かありました？」

心臓がギクリと音を立てる。

「べつに、何もないよ」

平静を装って彼を一瞥《いちべつ》すると、またグラスに口をつける。

「そうですか」

鷹野くんはそれだけ言って詮索してくるようなことはなかったから、そのあとは二人でポスターを指さしながら映画の話をした。

「最近映画館行けてないなー」

「だめっすね。たまにはスクリーンで観て映画の世界に浸りきらないと」

彼の意見に、「うんうん」と深く頷く。

配信でもＤＶＤでもストーリーの面白さは変わらないけど、たまたまその日、同じ時間のチケットを取っただけの知らない人たちと、同じスクリーンを観ながら共有するあの時間と空気は他では味わえない。

鷹野くんとこうやって映画談義をする時間も好き。


時刻は二十三時四十五分。

「日出さん、終電大丈夫ですか？」

この店での二杯目を飲み終えたところで鷹野くんに聞かれる。

「ん？　んー……」

スマホを取り出して乗り換え案内のサイトを表示する。

「だめ」

「だめって……」

彼は脱力したように肩を落として眉を寄せる。

「日出さんて、家どこでしたっけ？」

「西荻《にしおぎ》……」

「まあ、タクシーで一万かからずに帰れますね」

鷹野くんはため息交じりに、自分が悪いわけでもないのにスマホアプリでタクシーを手配しようとしている。

「え、いらないんだけど」

「いや、いいっすよ。俺が確認するのが遅かったのが悪いんで」

そんなわけないのに。

「お金の話じゃないよ」

「え？」

「いらないのはタクシー」

彼の目をまっすぐ見据える。

「言ったでしょ。帰りたくないの」

「……それって——」

言いかけた彼の言葉に、無言で首を小さく縦に振る。

「今度こそ酔ってますよね？」

今度は横に振る。

「私がお酒強いって知ってるよね。わざと逃したの、終電」

断らないよね、鷹野くんは。

少し前から気づいてるんだよ私、あなたの気持ちには。

「帰らなくちゃだめ？」

彼は頬杖をついて無言でこちらをみつめながら考えている。

そんな冷静さは今、いらないのに。

「わかりました。今夜はこのまま二人で過ごしましょう」

冷静なままそう言うと、彼はスマホに視線を戻した。

「空きがあるか確認しますよ」

たしかに金曜の夜はホテルの部屋って満室かもしれない。

空いてなかったらタクシーにまわれ右……か。

「お、意外と空いてる。予約してから行きましょうか」

「う、うん」

思いのほか積極的な鷹野くんに、若干の驚き。

「なんかビビってます？」

「ない。ビビってなんて」

彼がフッと含みのある顔で笑う。

「日出さんて前と後ろ、どっちが好きですか？」

「……へっ⁉」

予想外の直球な質問に、思わずまぬけな声が出た。素っ頓狂な声ってやつだ。

「どっち？」

「どっちって……」

「こういうことはちゃんと聞いておかないと」

さすが、普段の仕事でもお客様の要望に寄り添ってるもんね……って、いやいやいやいや。

「それともやっぱりビビってます？」

鷹野くんはニヤリと挑発的に口角を上げた。

その表情に思わずムッとしてしまう。

「後ろっ」

〝ビビってなんてない〟って、先輩ヅラして答える。

「了解です」

彼は私の焦りを見透かすように眉を下げて、クックッと可笑しさを堪えるみたいに笑った。

……鷹野くんも男だったんだ。

自分から誘っておきながら、今さらそんな当たり前のことを実感する。

「行きましょうか」


店を出て、鷹野くんのナビゲートで二人並んで歩く。

こういう時ってたいてい、気持ちを盛り上げるために手をつなぐとか腰に手を回すとか……スキンシップがあると思うんだけど。彼はただただ、並んで歩いている。

「名前……」

じれったくて、こちらから口を開く。

「珠理って、下の名前で呼んで欲しい」

私を見下ろした鷹野くんは、また黙って考えてる。

積極的なのか及び腰なのかつかめない。

「じゃあ、珠理さん」

――『珠理』

不意に、聞き慣れた声が頭に響いて胸にチクッと小さなトゲが刺さる。

「……壱沙くん」

私も彼の下の名前で呼んで、ニコッと笑顔を作る。

一瞬、彼の顔が切なげに曇ったように見えたから、つなごうかと思っていた右手は、ぼんやりと空気をつかんで引っ込めた。

◇

「え……?」

鷹野くんの足が止まった場所で、今度は私が戸惑いを浮かべる。

「ここ?」

思わず彼の顔を見ると、コクリと頷かれる。

「今夜の宿です」

そしてニッコリと微笑まれる。

視線を少し上に向ければ、【大崎《おおさき》シネマ】の歴史を感じる書体の看板。

この名前は聞いたことがある。

新作じゃない、少し前の作品から昔の名作までオーナーこだわりの作品を上映している映画館。いわゆる〝名画座〟というやつだ。

都内にいくつかある名画座の中でも、大崎シネマは映画好きの間では有名だ。

「ここ、たまにオールナイト上映してるんです」

オールナイト上映……。

「最近リニューアルオープンしてイスが新しくなったんです。座り心地がいいからオールナイトでもキツくないと思いますよ」

「へ、へぇ……私、名画座って初めて」

鷹野くんに顔をのぞき込まれる。

「思ってたのと違いました？　珠理さん」

わざとらしく下の名前で呼んで、いつになくイタズラっぽい笑みを向けてくる。

羞恥心で赤くなっているであろう顔を半笑いにしながら、私は首をぶんぶん横に振った。

「じゃ、入りますか」

映画館前のガラスのウインドウには、上映している作品のポスターとタイムスケジュールが貼られている。

「あ、これ。三部作のやつ」

「今夜はその三作を朝六時過ぎまで一挙上映です」

それは連続するストーリーで構成された三部作の恋愛映画。

三作すべて配信で観たことがあるけれど、好きな作品だからスクリーンで観られるのが嬉しい。

しかも新作でもない作品の一挙上映なんて機会はそうそうない。

「〝朝六時過ぎまで〟にまったく臆さないって、相当ですね」

滲み出てしまう嬉しさを隠せていなかった私に彼が言う。

「そっちこそ、映画オタク」

まさか今夜、映画館に来るなんて思わなかったけど、これはこれで楽しそうでよかったのかもしれない。

地下の劇場に向かう階段の脇にも、壁に貼られたたくさんの映画のポスターやラックに置かれたさまざまなフライヤーがある。

映画館の建物は古いようで、紅色の階段が年代を感じさせる。

一段一段、階段を下りるたびに外の喧騒と切り離されていく空気が、映画館特有の密な世界へと私たちを誘《いざな》っていく。

階段の下には古めかしい券売機と受付の女性。スタッフは案外若い子が多いようだ。

予約を済ませていた私たちは、この空間に似つかわしくない、スマホ画面のバーコードを機械にかざして入場する。

「あ、チケット代」

「いや、大丈夫ですよ。一本分の金額で三本観れるし」

「そういうわけには……」

「じゃあ、あれ買ってくれます？」

鷹野くんが指さした先にはこれまたレトロな……というよりも、さびれた雰囲気の売店。そのカウンターの上にはポップコーン。

それは大きなシネコンの売店で売られているような、できたての温かいポップコーンとは違って、丸い文字で『POP CORN』と書かれたオレンジ色の紙箱ごとビニール袋でパックされた、冷めた作り置きのものだった。

それとペットボトルの炭酸水を二本購入して、席に向かう。

「珠理さんの好きな後ろにしておきました」

学校の教室二つ分くらいの小さな劇場の最後列で、鷹野くんが言う。

「……それ」

また恥ずかしくなって眉を寄せると彼は笑う。

「俺も映画は後ろの方の席で観るのが好きです。後ろの人を気にしなくていいし、他の人の反応も見れておもしろいし」

「同感」

二人で「ふふっ」と笑い合う。

「うーん……」

席についてつまんだポップコーンの、ふにゃふにゃした湿気たような食感に顔をしかめる。

「まずいっすよね、これ」

そう言いながら彼もつまむ。

「なんで買わせたのよ」

「これ食べると、大崎シネマに来たなーって感じがするんですよ。家じゃ絶対食わないでしょ？」

たしかに。

映画館では非日常をとことん楽しみたい、そこも彼と同意見。

「そろそろかな」

鷹野くんがつぶやいたのとほとんど同じタイミングで「チリーン、チリーン」と上映開始を知らせるベルが鳴らされ、劇場の厚い扉が閉ざされる。

それからブザー音が響いて、劇場内が徐々に暗くなっていく。

同時にスクリーンの端にかかっていたカーテンが開いて、白い画面が全貌を現す。それでもシネコンのスクリーンよりはずいぶん小ぶりで、どこか愛らしい。

どうやらコマーシャルや予告編の上映はないらしく、注意事項がアナウンスされるとすぐに、映画会社のロゴと作品のタイトルが映し出された。

その時まではわくわくとした高揚感に胸を躍らせていたのに、冒頭、遠景の街並みが映っただけで〝しまった〟という後悔の念に心臓がドクンと脈打つ。

この映画は、別々にロンドンを訪れた二十代の男女が偶然出会って恋に落ちる物語。

出会って、恋に落ちて、旅先で一夜を過ごす。

それを旅先の思い出にするべきか、それぞれの国に帰ってからも恋人としての関係を続けるのか……紆余曲折を経て、二人の想いは通じ合う。

そして二人でロンドンに住むことを決め、長い時間を過ごす恋人同士になる。

それが三部作の一作目。

ひたすらに、お互いを想い合う幸せな恋人たちを描いたストーリーだ。

ひさびさに観たその映画は、変わらずに私の胸をくすぐった。

前に観た時の、キュンとときめいた気持ちが蘇ってくる。

──『くすぐったいよ』

――『なんかこの話観てたら抱きしめたくなった。珠理、いい匂いがする』

……同時に、わたしの家で一緒に観た相手の声や匂いや温もりがフラッシュバックしてくる。

噛みしめたポップコーンの食感にシンクロするみたいにキュ……って、泣いてるみたいに胸が軋んだ。

炭酸水で流し込めば、ピリピリとした刺激が絡みついてくる。

「やっぱり何かあったんですね」

一作目の上映が終わると一旦劇場内が明るくなった。

十分間の休憩らしい。

そのタイミングで鷹野くんに話しかけられる。

「今にも泣きそうな顔してますよ」

何も言えずに押し黙ってしまう。

「左門《さもん》さんと、何かありました?」

「え……」

左門悠真《ゆうま》は私と同期で、私たちと同じ部署の仲間。今夜の飲み会にも参加していた。

そして、私の四年越しの彼氏……だったけど、今週からはもう元彼、か。

「どうして……」

同じ部署で気まずいからと、私たちが付き合っていたことはずっと秘密にしてきた。

「珠理さんの表情見てればわかりますよ」

鷹野くんは小さくため息をつく。

「さっきのカクテル、失恋がテーマの映画でしたよね」

「……さすが、映画オタク」

笑おうと思ったのに、声が少し震えてしまった。

「……別れたの。この前の日曜に」

――『別れて欲しいんだ。俺――』

「四年も付き合ってたのに、あっさり」

「四年……」

私なんかよりよほど映画に詳しい彼にはピンと来たはずだ。

この空間で〝四年〟という長さの持っている意味が。

「……別れた理由、聞いてもいいですか？」

少し迷ったけど、吐き出してしまいたいと思った。

あのカクテルを選んだ自分は、本当はきっと聞いて欲しがっていたから。

「彼の、心変わり」

つまりは浮気だ。

「最低ですね、左門さん……」

そのひと言と、自分の中の抑えていた感情で、喉の奥がギュッと何かにつかまれたように苦しく、そして熱くなる。

「二作目、やめておきますか？」

私の頬を伝ったものを見て、鷹野くんが気づかってくれた。

だけど首を横に振る。

「……観たい」

今夜は物語の中にいた方が、気が紛れそうだから。

そんな私に彼はハンカチを差し出してくれた。

映画の二作目は前作から四年後の話だ。

実際の撮影も前作の撮影から四年後に行われていて、演者にも風景にも物語の中と同じだけの時間の経過が刻まれている。

そのリアリティがこの作品の人気の理由だ。

恋人たちの四年後。

その時間がもたらしたものは残酷で、男性主人公には他に好きな人ができてしまう。

二作を続けて観ると、二人の過ごした甘い日々の記憶が鮮明で、胸がより重く押し潰される。

――『取引先と飲み会だよ。珠理だっていちいち全部カレンダーに入れないだろ？』

――『でも……』

――『最近しつこいよ。あっさりしてて詮索してこないのが珠理のいいところなのに』

絶えないケンカと四年分の思い出の中でせめぎ合い葛藤する感情が、今の私にとってはあまりにもリアルだ。

――『入社した頃からずっと、日出のことかわいいなって思ってて』

悠真との思い出が、甘いものも苦いものもないまぜになって、めちゃくちゃな順番で私の頭の中も胸の中も埋め尽くしていく。

――『珠理がいないとだめだな、俺』

この作品の中では女性主人公の方も、新しく出会った男性と恋をする。ロンドンの街を彼と歩いて、彼と食事をして、彼と……。

映画終盤のヒロインと彼のキスシーンのタイミングで、私の目の前が暗くなる。

鷹野くんと私の唇が――重なる。

それは一瞬の出来事で、彼はすぐにスクリーンに視線を戻した。

その瞬間から涙がボロボロと大粒になって、拭っても拭っても止まらなくなってしまった。

ほどなくして二作目の上映も終わって、また劇場内が明るくなる。

けれど私は目にハンカチを当てたまま、顔を上げられない。

「……ごめんなさい……」

それだけ絞り出すのが精一杯だった。

彼の表情を見ることもできない。

鷹野くんは、きっとはじめからわかっていたんだ。

私が彼を利用しようとしていたことが。

映画の男性と同じ存在だということが。


二作目で、女性主人公は別の男性と恋に落ちる。

しかしそれは、長年の恋人を忘れようと自分の感情をごまかすためのまやかしでしかなかった。

彼女は、彼を利用しようとしたことを後悔して別れを告げる。

「珠理さんの思っている通り、たしかに俺はあなたが好きですよ。左門さんと付き合ってたことなんてずっと前から気づいてたくらい、あなたを見てました」

彼は、いつも通りの落ち着いた穏やかな声で言う。

「今夜だって本当はホテルに行ったってよかったんです――」

やっぱり、本当はわかってたんだ。

「それで気持ちが俺に向いてくれるなら」

ゆっくりと、顔を彼の方に向ける。

「だけど、珠理さんはまだ左門さんが好きでしょ？」

否定も肯定も、声にできない。

「今夜だけの関係で、こういう時間を共有できる存在を失うのはもったいないって気がします。俺は」

切なげに眉を寄せて笑う彼の言葉に、胸が締めつけられる。

「私……最低」

言葉はゆっくりとしか紡げない。

「彼の相手、毬谷《まりや》さんなの……」

同じ部署で、さっきまで一緒に飲んでいた後輩。

彼女が私たちのことを知っていたのかはわからない。

「だから、私も――」

愚かで浅はかな自分が情けなくて涙がこみ上げる。

「当てつけに鷹野くんと、って……」

惨めな自分から逃れるために。

「大事な後輩なのに、利用、しようとした……」

こんなにかけがえのない時間を過ごしてくれる相手なのに、自棄《じき》になって簡単に関係を壊そうとした。

「本当に、馬鹿……」

下を向いていても、彼が小さくため息をついたのがわかった。

「今夜は〝壱沙くん〟じゃないんですか？　珠理さん」

「え……？」

「普段とは違う、フィクションってことにしませんか？」

「フィクション？」

「次の映画が終わって朝になったら、元の〝日出さん〟と〝鷹野くん〟に戻るってことで。朝が来たら、全部忘れましょう」

「なにそれ……かっこつけすぎ」

優しすぎるよ。

そして三作目の上映が始まる。

また前作から四年が経過している。

主人公たちがお互いの存在の大切さを改めて感じ、彼がプロポーズする場面が二作目のラストシーンだった。

四年後の彼と彼女には子どもが生まれている。

――『別れて欲しいんだ。俺、毬谷さんと結婚するから』

私と悠真には訪れない展開。

「ずっと一緒にいられるって思ってたのに」

思わず小さな声でこぼしてしまった。

悠真と二人でこの映画を観た時は、別れなんて想像しなかった。

――『いいな、こういう関係』

――『四年後も一緒にいようね』

〝私への気持ちがなくなったのとあの子を好きになったのは、どちらが先だった？〟

怖くて聞けなかった問いが、喉の奥にこびりついて離れない。

私には何が足りなかったんだろう、なんて考えてしまう。

ふにゃふにゃで味のしなかったポップコーンは、ますますふにゃふにゃで、さっきよりしょっぱい味がする。

今だけじゃない。

うまくいかない空気を感じ始めてからずっと自問自答し続けてる。

私は強くなんかない。

あっさりしているわけでもない。

不機嫌な顔を見たくなくて、ただただ嫌われることを恐れて、大事なことほど何一つ聞けなかっただけなんだ。

最後の最後まで。

聞けばよかったんじゃないの？

すがればよかったんじゃないの？

自分の弱さを口に出していれば、彼はまだ、私のもとにいてくれたんじゃないの？

今さらどうすることもできない後悔がずっと私自身を責め立ててる。

喉の奥につかえたものは、吐き出すこともできないけれど、飲み込むのにも時間がかかる。

――『朝が来たら、全部忘れましょう』
この映画が終わったら、悠真のことも全部忘れられたらいいのに。
いい思い出なんか、全部消えてなくなってしまえばいいのに。
声も、匂いも、体温も――。
全部、全部――。

――ラブストーリーは、幸せそうな二人の未来を予感させるシーンで幕を閉じた。

◇

「あー目にくる……」

朝の六時半を過ぎて映画館を一歩出ると、暗がりで過ごした私たちにはまぶしすぎる世界に変わっていた。

つい先ほどまでそこにあった夜の時間が、すごく遠いもののように感じられる。

「疲れてないですか？」

「疲れた、いろんな意味で。たしかにイスはふかふかだったけど」

うつむき気味に苦笑いを浮かべる。

「……色々ありがとう。泣いたら少しすっきりした」

こんな風に人前で気持ちを吐き出すように泣いたことなんて、今までなかった。

冷静になると少し恥ずかしい気もするけれど、案外気分は悪くない。

「〝日出さん〟、会社、辞めないでくださいね」

それについての本音を言えば「わからない」だ。

辞めてしまいたい気持ちもあるけれど、今は曖昧に小さく頷く。

「あ、ハンカチ。洗って返すね」

きっと泣き腫らしたひどい顔をしているだろうな……なんて、涙で濡れたハンカチを見ながら自分の顔を想像する。

「日出さん」

「んー？」

「……いつかまた、〝壱沙〟って呼ばれる日が来るのを待っててもいいですか？」

思わず顔を上げて、彼を見る。

「でも、私……」

きっと当分、次の恋には踏み出せない。

「まあ、もう一年以上も待ってますけど」

「…………」

言葉を発せないでいる私に、彼は困ったように笑う。

「またまずいポップコーンを食べに来るのに付き合ってもらうくらいは、お願いしてもいいですか?」

「うん……」

「じゃあ、映画部員同士の――」

彼が右手の小指を差し出したから、つられて私も小指を絡める。

「約束」

そう言って指切りをすると、彼はあくびを噛み殺しながら駅とは別の方向に歩き出した。

私はくるっと向きを変えて、とっくに発着のベルを鳴らしている駅に向かう。

二人の過ごした夜が幕を下ろして、ゆっくりと日常に溶けていく。

fin.

苦くて甘くて、
すこしだけ
シュワシュワ

「いらっしゃいませ〜。一名様ですね」

秋の夜のファミレス。

アメリカンダイナーを意識したような、ストライプのワンピースにエプロン姿、それにおだんごヘアの女性店員が明るい笑顔で接客してくれる。

駅からは少しだけ歩く、道路に面した店舗。

昔から何度も何度も来ている地元の店だ。

とくに高校の頃は友だちグループでよく来てた。

ドリンクバーでメロンソーダとオレンジジュースとアイスティーを混ぜて笑ってたのも今となっては青春の思い出だ。

……なんていうほど、まだ年取ってないけどね。

帳谷《とばりたに》彗斗《けいと》・十九歳。デザイン系の専門学校でイラストとグラフィックデザインの勉強をしている。パーカーにデニムの、よくいる普通の男子学生だと思う。

高校までは地元の学校に通ってたけど、今の学校は電車で三十分以上かかるから、このファミレスに学校の友だちと来るなんてことはなくなった。

この店は空いているわけでもないけど、昼飯時と夕飯時以外は広い店内が満席になるほど混雑することもない。

今みたいに二十三時を過ぎた頃にはあいている席も少なくなくて、一人でもソファ席に通してもらえる。

家じゃ集中できない学校の課題をやろうと思って来たから、広々としたテーブルはありがたい。

席に案内されている時から後ろ姿で気づいてた。

〝七晴《ななせ》が座ってる〟って。

ミルクティー色の革張り風のソファ越しに首から上だけ、しかも後ろ姿しか見えてないけどあの丸みのある頭に栗色の髪は絶対、七晴。

髪は前に会った時より伸びて肩についてる。

明槻《あかつき》七晴は高校の同級生だ。

三年間同じクラスでノリも合ったから、よくグループで連《つる》んでた。

このファミレスにだってよく来てたし、ドリンクバーで飲み物を混ぜて笑い合ってた中の一人だ。

七晴とは絵を描くっていう共通の趣味があって、音楽の好みも合ったし、笑いのツボみたいなものも近かったからよく話した。

一番気の合う女子だった。

彼女は地元から通える有名な美大に進学している。

ひさびさに七晴に会ったけど、声はかけない。

なぜなら七晴の向こう側に彼氏らしき男が座ってるから。

初めて見るけど結構年上っぽい。二十代半ばから後半ってとこだろうか。

ゆるめの柄シャツに、ゆるくパーマのかかった茶髪にメガネ。多分デザイン系の人間だな。俺の学校の先輩や卒業生たちと同類の匂いがする。

そんなことを考えながら、七晴と背中合わせになるように座る。

「飲み物取ってきてやるよ。何にする?」

七晴の彼氏が彼女に聞く。

七晴はドリンクバーでは決まってメロンソーダだ。絶対。

テーブルに設置された注文用のタブレットをいじりながら答えを確信して口角を上げる。

「アイスコーヒー」

意外な答えに、彼女の背後で肩透かしをくらう。

◇

『七晴、メロンソーダしか飲まないね』

高一の夏にはよく仲間五人でこのファミレスに来るようになっていた。

山盛りのフライドポテトに無料のディップソースを色々用意して、ドリンクバーで長話がお決まりだった。

あの先生がムカつくだとか、切ない曲があった、誰と誰が付き合ってる、はたまたケンカして絶交……そんな、他愛のないことを何時間だって話して笑ってた。

『だって一番おいしいもん。甘くて、ちょっと苦味もあって』

『口の中が緑になるじゃん』

俺が言ったらおかっぱヘアの七晴が「べー」って緑の舌を出して見せたから、思わず笑ってしまった。

俺のリアクションに、七晴もいたずらっ子みたいな笑みを見せる。
『七晴って子どもみたいだな』
七晴はそういう無邪気なところがある。

◇

それがアイスコーヒーを飲むようになったっていうんだから、時が経つのは早い
……って、だからそんなに時間は経っていない。
最後に七晴に会ったのっていつだっけ？
たしか……今年の五月の連休？
『新しい環境に慣れてきたところで、みんなに会いたくなってきたんじゃない？』
なんてことを誰かが言い出して集まったのが最後だと思う。
今が十月だから、五か月くらい前か。
七晴はその時『彼氏ができた』と言っていた。
写真を見せてくれたけど、当たり前のようにフィルターで加工されていて実際の顔

はよくわからなかった。

それがこの人か……と思いながら、ドリンクバーからアイスコーヒーを二つ持ってきた彼の方にチラッと視線をやる。

ふーん……。

あれから彼氏や彼女ができたのは七晴だけってわけじゃない。

高校を卒業したら、彼氏彼女に課題に……なんだかんだと忙しくて、みんなで集まる機会が減った。

メッセージアプリのグループだって、最近はポツリポツリと近況報告があって、反応した二、三人とスタンプだけで三、四往復して終了って感じだ。

〝高校生の仲よしグループ〟が〝高校時代の友人グループ〟に変化していくのをリアルタイムで実感してる。

さみしくないわけじゃないけど、それぞれが新しい環境に馴染んだと思えるのは喜ばしい。

それに俺は本当に課題に追われているし。

「で、本題なんだけど」

アイスコーヒーをテーブルに置いて座ると、七晴の彼氏が話し始めた。

なんとなく、空気がひりついていて重い。

七晴が『アイスコーヒー』以来ひと言も発しないからだ。

「別れて欲しいんだ」

……げ。

よりによって別れ話に居合わせてしまった。

絶対に俺という存在に気づかれるわけにはいかない。

「目玉焼きハンバーグのライスセット。目玉焼き堅焼きです」

ちょうどそのタイミングで、先ほど席まで案内してくれた店員がハンバーグとライスの皿をテーブルに置く。

ドリンクバーだけにしておけばよかった……。

これを食べたらさっさとこの場を立ち去ろう。

なんて考えに反して、ハンバーグを切るナイフはゆっくりとスライドする。

「どうして？」

そのひと言で、七晴が別れたがっていないことを察してしまう。

「何か月か付き合ってみたけどさぁ、はっきり言って合わないと思うんだよね」

「……どこが？」

七晴の元気のない質問に、彼は面倒そうにため息をつく。

「思ってたより子どもっぽかったっていうのかな」

「……そんなの、私が年下だから。これからもっと大人になるよ」

「そういうこと言っちゃうところがさー」

彼氏の方はもう、別れるって決めてるんだって冷たい口調でわかる。

「化粧とか服装とか髪形もさ、もっと女っぽくして欲しかったし」

「だから髪、伸ばしたじゃない……」

◇

『いつもおかっぱ』

『ボブって言ってよ。彗斗センスない』

月曜、髪を切った七晴が眉間にシワを寄せる。

高校三年間、同じクラスだったから何度も繰り返したやりとり。

『センスないってなんだよ。べつにけなしてるわけじゃないじゃん』

『〝お子さま〟って顔に書いてある』

『似合ってるけど、いつも一緒だなーって思って』

七晴は美容院に行くたびに同じシルエットになっていた。

彼女がムッとしてこっちを見る。

『いいでしょ、これが私の――』

『『トレードマーク』』

七晴の言葉を的中させてハモったら、彼女は一瞬頬を膨らめて、それから二人で「ぷっ」と笑った。

◇

そのトレードマークは五月に会った時点で伸びていた。

メロンソーダはアイスコーヒーになって、おかっぱはセミロングになったんだ。

たったの数か月で、もう〝知らない七晴〟だ。

そう思ったら、心臓がギュ……っと詰まるみたいな音を鳴らした。

七晴のおかっぱ、似合ってたのにな。

課題をやるために持ってきたタブレットの画面に、おかっぱヘアの女の子を気まぐれにラクガキして、気まぐれに消した。

「ふぅ」と聞こえないくらいのため息をついて、ドリンクバーへ行こうと立ち上がる。

幸いドリンクバーは七晴の背後側だから、俺の姿は見えない。

ドリンクのマシンで光る【メロンソーダ】の表示を見ながら、一瞬また昔を思い出した。

それから【コーラ】のボタンを押す。

席に戻ってもまだ話は継続中。

もう二十三時三十分を回った。

別れ話が始まって二十分くらい経過してる。

「別れたくない」

「いや、無理だから」

七晴が諦めたら、すぐに話が終わりそうだ。

「だって全然話し合ってないじゃない」

「いや、性格の不一致ってやつだから、話し合う必要なんてないって」

席に戻った時に見えた彼氏は彼女の方を見ていなかった。

声だって、心底苛立っているのがわかる。

ここからの逆転は無理だよ七晴、俺でもわかる。

「だけど」

「しつこいなぁ」

◇

『絶対緑がいいです！』

高校時代、グラフィックデザインの授業で七晴がめずらしく先生に反論した。

イラストの女の子が飲んでいるドリンクの色の話だ。

『ピンクの方がバランスがいいと思うけどなぁ』
先生が若干困惑していた。
『緑です！』
だってそのイラストは——。
『ケイの絵なのに、なんでナナが主張してんの？』
そう、俺の絵だから。
『だってここの色、緑の方がおいしそうでしょ？』
『それってナナがメロンソーダ好きだからでしょ？』
『違うよ。もともと彗斗が緑に塗ってたんだから』
七晴は眉を寄せる。
まあ、俺の頭には七晴のメロンソーダが浮かんでたんだけど。
かれこれ五分以上はこの論争だ。
『明槻さん激推しなんで、緑でよくないですか？　先生』
『まあ……いいでしょう』
先生は「やれやれ」って表情だ。

『ナナの粘り勝ち。変なところで強情なんだから』

七晴がピースサインをしてみせる。

メロンソーダの色だってのもあるけど、多分七晴は女の子のそばにいた猫の目の緑色を見て、合わせようとしてたんだ。

◇

今、その粘り強さは必要か？

髪形？　服装？　そんなことで七晴を判断するようなヤツにそんな価値があるのか？

「どうして？　悪いところあるなら直すよ」

「だから無理だって。俺の好みにはなれないよ」

「でも――」

なあ七晴、そんな男にすがるなよ。

「お前じゃ無理なんだよ。いい加減、諦めてくれよ。これ以上はさすがにウザいよ」

立ち上がって振り向いて、ひと言言ってやりたい衝動に駆られる。

タブレットのペンを持つ手にグッと力が入る。

「じゃあ俺行くわ。俺の家に残ってるお前の私物はテキトーに取りに来て」

彼氏は伝票を持ってレジに向かって行った。

なんてことないって感じの足取りだ。

嫌なもの見ちゃったな。

俺も課題やめて帰ろうか――。

「盗み聞きとか、やめてよ」

肩がギクって小さく上下する。

「気づいてたんだ」

観念して、背中合わせのまま七晴と会話する。

「だって目玉焼きが堅焼きなんだもん」

目玉焼きの堅焼きはイレギュラーなメニューで、あまり注文する客がいない。

「それで窓見たら、彗斗が映ってた」

夜のファミレスっていうのは窓の外の黒い景色が鏡になりがちだ。

「半熟食えないし」

やっぱりドリンクバーだけにしておけばよかったな。

「あれ、彼氏？」

「……元彼ってやつなんじゃない？」

そう言った七晴の声が震える。

「そっち行っていい？」

「……ちょっと、だめ、かも」

俺は小さくため息をつく。

◆

泣いてる七晴なんて、初めて見た。

「だめって言ったのに……」

「課題がちょうど、泣き顔なんだよ」

タブレットにペンを走らせながら言う。

「……彗斗、サイテー」

七晴が強がって非難するように言う。

「だから、気にせず思う存分泣けよ」

彼女は一瞬驚いたように黙った。

「……ありがと」

泣き顔の七晴が力なく笑った瞬間、心臓がまた音を立てる。

あーあ、気づいちゃった。

気づきたくなかった。

「いつから付き合ってた？」

「…………」

俺の質問に彼女は黙り込む。

当たり前だ。今振られた相手の話なんてしたくないよな。

「誰かに話した方が気が楽になるんじゃない？」

タブレットを見ながら何食わぬ顔でそんなことを言って、姑息に自分の知らない七晴を知ろうとしている。

か。

「……二月から」

同じクラスで、いつも通りにくだらないことで笑いながら過ごしていた時期から

五月まで隠されてたのは結構ショックだ。

「……美術の予備校の講師だったの」

「ふーん……」

七晴は美大に行くために予備校に通っていた。

「メロンソーダじゃないんだな」

七晴の前には飲みかけのアイスコーヒーのグラスが置かれている。

こうして見ると……セミロングの髪にはゆるいパーマ、Tシャツだパーカーだって

カジュアルだった服も柔らかそうな女子っぽいブラウスに変わってて、まるで別人

だ。

ビビッドカラーだった七晴は、ペールトーンに変わった。

「彼が……メロンソーダは子どもっぽいって言うから」

「髪形も、服装も？」

七晴がコクリと頷く。

「……最初はね、かわいいって言ってくれてたの」

聞きたいような、聞きたくないような。

「だけどだんだん……〝もっと大人っぽく〟〝もっと女らしく〟って」

「………」

俺の絵で、他人の絵で、あんなに意見を曲げなかった七晴が。

「それで最近はケンカも多くて」

七晴がため息をつく。

「それってさぁ、モラハラってやつなんじゃね？」

「………」

「だって、服装だとか行動に制限があるんだろ？」

年上彼氏のモラハラだよ。

「……そんなこと」

〝ない〟？

「わかってるよ」

思わず七晴の顔を見る。

「だけど、好きだったの」

〝知らない七晴〟の顔。

髪形でも服装でもない、知らない表情。

二人して無言になって、一瞬の沈黙が訪れる。

窓の外、車のライトが行き交うのをなんとなく見つめる。

「……あの人がいたから、受験、がんばれたの」

◇

高二の夏頃、進路希望調査票が配られた。

『彗斗はやっぱりデザイン系の専門学校なんだ』

『うん、ここの講師に尊敬してるイラストレーターがいるから』

『そっかあ、彗斗ならイラストレーターになれそうだもんね。サイン貰っておかなくちゃね。ふふ』

『七晴は美大？』

進路については何度か話したことがある。

『ずっと憧れてる大学だから。秋から予備校も行かなきゃなんだ』

『そっか、大変だな』

七晴は俺なんかとは比べ物にならないくらいデッサンがうまかった。

それでも名門の美大受験は狭き門だ。

『でも七晴なら大丈夫だよ』

俺の言葉に彼女がまた無邪気に笑う。

『ありがと。彗斗にそう言ってもらえたら、受験がんばれそう』

秋になって、七晴の本格的な受験勉強が始まった。

俺の受験なんて、願書を書いて面接を受ければ入れるような、はっきり言って簡単なものだった。

だけど七晴は毎日のように学習塾と美術の予備校に通って大変そうだった。

それでも『予備校も結構楽しいよ』って、いつも明るく笑ってた。

学校では、俺が七晴の息抜きになれたらなって思ってた。もちろん友だちとして。

◇

「苦……やっぱり全然好きじゃない」

七晴がアイスコーヒーを飲んで眉を八の字にしながらつぶやいた。

「ちょっ待ってて」

ドリンクバーに行って、【メロンソーダ】のボタンを押す。

席に戻って、七晴の前にコトリとグラスを置いた。

「はい、七晴のガソリン」

「ガソリンって……」

七晴は泣いたまま苦笑いだ。

「せめてバッテリーとかエネルギーって言ってよ」

ストローの袋を開けながら、口を尖らせる。

緑のメロンソーダにこの店の赤いストローをさして、くるっと一周氷をかき混ぜる。七晴のクセだ。

こんな小さなクセも知ってる。

知ってて嬉しいって思ってる。

頭しか見えないような後ろ姿でもすぐにいるってわかる。

堅焼きの目玉焼きで俺を思い浮かべてくれたのだって、正直嬉しい。

要するに——七晴が好きなんだって、今夜気づいて、今夜失恋した。

死ぬほどまぬけだ。

七晴の泣き顔は、俺の泣き顔だ。

七晴がメロンソーダを飲もうとストローに口をつける。

「待った」

「え？」

彼女のグラスを奪うように取り上げる。

「え⁉　ちょっと！」

残ってたアイスコーヒーのグラスにメロンソーダを躊躇《ちゅうちょ》せずに注ぎ込む。

「はい」

それを七晴に差し出す。

「は？」

色はほとんどコーヒーだ。少しだけ炭酸の泡が見える。

「好きな飲み物の思い出が、悲しくなったら嫌じゃん？」

メロンソーダはあいつの思い出にしないで欲しい。

「……まずそう」

「いいじゃん、二度と飲まないまずい味で」

「……それもそっか」

七晴が笑う。

「昔はよく、ドリンクバー混ぜて飲んでたね」

「昔って言うほど時間経ってないけどな」

「おいしい組み合わせってなんだっけ？」

「そのまま飲むのが一番うまい」

「この世の真理」

「あはは」って感情のこもらない顔で笑う。

それからまた、ストローをくるっと一周。

「おかっぱの方が似合ってた」

「……ボブって言ってよ」

「パーカーの方が七晴っぽい」

「……子どもっぽいって言ってない？」

「メロンソーダ飲んでない七晴は七晴じゃない」

「……それってどうなの？」

困ったように「ふふっ」って眉を八の字にする。

あんなやつの言葉、本当は全部否定して七晴の頭の中から消し去りたいくらいだ。

「案外おいしいよ、これ」

「味覚がおかしい」

彼女の方を見れなくて、タブレットを見たまま言う。

「そんなことないよ。苦くて甘くて、すこしだけシュワシュワしてる」

そう言って、七晴は笑う。

声は少し、揺らいでた。

「多分ね、彼、他に好きな人ができたんだ」

こぼすようにつぶやく。

「そういう人なの。最低だよね」

グラスにひと粒、水滴が落ちる。

「彗斗がいてくれてよかった」

そう言われて、思わず顔を上げた。

彼女がまたひと口、メロンソーダコーヒーを飲む。

「彗斗がいるって気づかなかったら、もっと惨めにすがってたもん」

そう言って、泣いたまま笑いかける。

知らない表情が、また一つ。

「あーあ、こんなに好きなのになぁ……」

いつかまた同じものを飲んだ時、君は俺を思い出してくれるのかな。

それとも——。

fin.

罪なんてない

季節は九月。平日二十三時。

【不倫恋愛の辛い瞬間】

セミダブルのベッドの上でパラパラと雑誌をめくっていると、そんな見出しが目に入る。

女性誌の恋愛特集。読者のさまざまな恋愛体験のアンケートの結果が掲載されている。

【会いたい時に会えない】

【親に言えない】

【クリスマスやバレンタインに一緒に過ごせない】

不倫をしている女性たちの不満にまみれた回答に、私は「ふぅ」とため息をつく。

「バカみたい」

思わず小さな声でつぶやいてしまった。

「どうした?」

隣でスマホをいじっていた彼がこちらに視線を向ける。

彼が下着姿なのは、つい先ほどまで肌を重ねていたから。私は部屋着のワンピースを着ている。

「ううん。なんでもない」

うっすら微笑んで雑誌を閉じた。

「そろそろ時間じゃない？」

私の言葉に、彼は気怠《けだる》げに眉を寄せる。

「もうそんな時間か……帰るの面倒くさいなぁ。このまま泊まりたい」

「私はべつにいいけど」

「べつにいい、か。絶対に泊まって欲しいとは言ってくれないよな」

ベッドから出た彼は、脱ぎ捨てたシャツを拾い上げて袖を通す。

「泊まって欲しいって言ったら泊まっていくの？」

「…………」

無言の笑顔が「ノー」と言っている。

そんな表情をするのなら、余計なことを口にしなければいいのに。

くだらないやりとりに微かなため息を漏らして、私もベッドから降りた。

会社と同じスーツ姿に戻った彼を玄関まで見送る。

「じゃあまた明日」

そう言って、私を抱き寄せて軽く唇を重ねる。

「こういう時、もう少し寂しそうにしてくれたら嬉しいんだけどな」

「ごめんね。かわいげがなくて」

だけど、どうせ明日の朝には会社で顔を合わせるでしょう？

そう思いながら、かわいげがないであろう笑みを浮かべる。

「そういう性格、好きだよ」

背の高い身体で五秒抱きしめて、つむじにキスして身体を離す。

「おやすみ」

月に何度かの逢瀬の終わりはいつもこう。

私の頭に浮かぶのもいつも同じ、口にするにするのはルール違反な言葉。

〝何番目に好きなの？〟

わかってる。私のことだけを好きな男なんていないって。

三吉紗衣《みよしさえ》・二十六歳。ＯＡ機器メーカーで営業事務をしている普通の会社員。

今まで一緒に過ごしていたのは同じ営業部の、直属ではないけれど一応上司にあたる園《その》田《だ》健《たけ》弘《ひろ》・四十二歳。既婚。

付き合っているという表現が正しいのかどうかよくわからないけれど、たまには外で食事なんかもして、こうして私のマンションで過ごす仲。どうってことのない、普通の不倫関係。

なんだかんだでもう一年以上関係が続いている。

バレンタインはもともと特別な日だと思ったことはないけど、クリスマスも、もちろんクリスマスイブも一緒になんて過ごさない。

誕生日はたまたまなんでもない平日だったから二人でディナーに行って、サプライズになっていないデザートプレートなんかを出されたけれど。

【クリスマスやバレンタインに一緒に過ごせない】

当たり前でしょ？　不倫なんだから。

感情はともかく、立場でいえば所詮は二番目なんだから。

バカみたい。望めば望んだだけ自分が傷つくのに。

はじめから諦めていればケンカにだってならない。普通の恋愛よりも平和なくらいだ。

私はべつに人様の家庭を壊したいわけじゃない。

私が何も望まなければ、関係が明るみに出なければ、これは普通の恋愛で、誰かが傷つくこともない。

持論を言わせてもらえば、誰も傷つけていない恋愛に罪はない。

◇

九月が終わりに近づいても、まだまだ真夏のように暑い日も多い。

それでも気持ちだけは秋に変わっていて、何度かある連休には家の近くのカフェでアイスコーヒーでも飲みながら読書なんかをして過ごす。

休日はこうやって一人で過ごすのが性に合っている。

ちなみにこのタイミングでの【そろそろ彼氏なんか家に連れてきてくれないかしら】なんていう、母親からの何かのハラスメント的なメッセージもめずらしくない。

スマホを見てため息を軽く一回。

それからいつも通り、カウンターでトレーに乗ったアイスコーヒーのグラスを受け取って振り返った瞬間だった。

「きゃっ！」

誰かにぶつかった振動、それから声が耳に入るのとほぼ同時に、目の前の女性の服にできた茶色い模様が目に入る。

「え？　あ！　すみません！」

トレーの上のグラスはかろうじて倒れてはいないけど、揺れて飛び出した中身の何割かが彼女のTシャツにシミを作ってしまった。

「……だ、だいじょうぶ、です……」

高校生くらいの、私と同じようなセミロングヘアの女の子はうつむきがちに言うと、自分の注文した飲み物をカウンターで受け取って席についた。

シャットアウトされるように会話を終了されてしまって、私も席につく。

だけど落ち着いて読書なんかできるはずもなく……視界の端にはTシャツをおしぼりで拭っている彼女が映る。

――親に怒られてしまわないだろうか。

——もしかしてこれからデート？

——お小遣いで買った大事な服だったのかも……。

気になって、あれこれ想像してしまう。

小さくため息をついて立ち上がる。

「服、クリーニングに出してください。もちろんお金は払いますから」

私を見上げた彼女は固まっている。人見知りの女子高生というところだろうか。

「で、でも……」

「それとも同じものを買って弁償しますか？」

彼女は首を横に振る。

「じゃあこれ、クリーニング代。親御さんにはありのままを話してもらえば大丈夫だと思——」

「あ、あの」

私の言葉を遮るように彼女が口を開く。

「実は今日、塾に行ってることになってて」

つまりサボってカフェに来ていた……運の悪い子だ。

どうしたものかと考えを巡らせる。

「じゃあ――」

「とりあえずそこに座っててくれるかな」

彼女を自宅に招いて、カーペットの上に座らせた。

慣れない空間に彼女はキョロキョロとあたりを見回している。

といっても、一人暮らしの狭い１Ｋの部屋にはそんなに見どころもないと思うけれど。この部屋には彼のものだって何一つ置いていない。

「一旦これに着替えてもらえる？　そのＴシャツはシミ抜きするから脱いで」

彼女は無言で私のＴシャツを受け取ると、無言のまま着替え終えた。

自分の高校生の頃を思い出すと、程度の差こそあれ、知らない大人と話すのは緊張していた気がする。

「時間、大丈夫？」

なんとかシミ抜きを終えたＴシャツを洗濯と乾燥にかけている間、お茶を飲みながら待ってもらうことにした。

私も彼女の隣に座る。

「高校生?」

「は、はい。……高二、です」

「家、近いの?」

「……えっと……はい」

彼女の態度に思わずクスッと笑ってしまう。

「そんなに緊張しなくて大丈夫よ。私の方が悪いんだから」

「い、いえ」

「お菓子も食べてね」

「え、これ」

緊張をほぐしてほしくて、クッキーを勧める。

クッキーを見た彼女が驚いたような顔をする。

「クッキー嫌い?」

彼女は首を横に振る。

「チビかわの絵がついてる」

〝チビかわ〟というのはSNS発のかわいらしいイラストのキャラクターだ。

「好きなの？」

私の問いに、彼女は瞳を輝かせてこくこくと頷く。

「この猫のキャラクターに似てるってよく言われます。かわいいクッキー」

声がワントーン明るくなったのがわかる。

「お姉さん、チビかわ好きなんですか？」

「え？　うーん……嫌いではないけど、特別好きかと言われると」

はっきり言ってしまえば、こういうのって私のキャラじゃない。

「え、でもこのクッキー」

「ああこれ？　さっきのカフェでときどきチビかわフェアやってるでしょ？」

「え？　あ、う、うん」

「それでお会計の抽選で当たったの。喜んでもらえてちょうどよかった」

彼女がニッコリと微笑んでくれてホッとする。

「名前、聞いてもいい？」

「…………」

彼女は黙ってしまった。

「ごめんね、馴れ馴れしかったかな」

「……奈々美《ななみ》」

小さな声で教えてくれた。

「奈々美ちゃんね。私は三吉紗衣です」

「三吉さん」

「紗衣でいいよ」

どうせ今この場限りのことだろうけれど。

「聞いてもいいかな。どうして塾、サボったの？」

私の質問に、奈々美ちゃんはまた黙ってしまった。話題選びを間違えて踏み込みすぎたかもしれない。

彼女は自分をチビかわの猫に似てるなんて言うけど、あのキャラクターはたしかおしゃべりだったはずで、性格でいえば全然似ていない。顔や雰囲気が似ているかといえばそうでもない気がする。

「……ちょっと、嫌なことがあって」

奈々美ちゃんは紅茶を口にしてから、ボソッとつぶやくように口を開いた。

「塾で?」

彼女は否定するように首を横に振った。

「お家のこと?」

今度は否定するでも肯定するでもない微妙な顔をした。だけどきっとこれもはずれなのだろう。

「じゃあ……恋愛?」

彼女はカップに口をつけたまま一瞬黙って考えて、それからゆっくりと頷いた。

高校生の恋バナに興味があるかと問われれば、そうでもない気がするけれど、園田さんと不倫関係になってからは誰とも恋愛の話にならないように避けてきた。

ひさびさのその手の話題には、見ず知らずの高校生がちょうどいいのかもしれない。

「片想い?」

「……違う」

内気そうな彼女の答えとしては少し意外だと思ってしまった。

「じゃあ彼氏とケンカ?」

また一拍、考えるような間があく。これがこの子のペースなんだ。

「そんな感じ」

「同じ学校の子?」

彼女の間で頷く。

高校生カップルのケンカの原因を思い浮かべてみる。

「メッセージの返信が遅いとか、男友だちを優先された、とか?」

「違う……メッセはちょっと、そうだけど」

ずっとうつむきがちだった奈々美ちゃんが、こちらを向いた。

「浮気してるの」

浮気を〝してる〟という現在進行形の言葉に、自分と彼のことを言われたようで不意に心臓がギクリと音を立てる。

「どうして浮気してるって思うの?」

「知らない香水の匂いがしたり、一緒にいる時にもよく誰かとスマホでやりとりしてたり――」

曇った表情の奈々美ちゃんが彼氏の浮気の痕跡を挙げていく。

これだけわかりやすく浮気の気配を感じさせるということは、その浮気相手はいわゆる匂わせたいタイプなんだとわかる。

私にはさっぱり理解できない行為だけれど、あのアンケートの多数派の回答をしそうな性格だと思う。

「紗衣さんて、彼氏いますか？」

少しだけ唐突な感じのする質問に、心臓がまた小さく脈打つ。

高校生にとっての彼氏がどういう存在なのか、瞬時に考えてみる。

きっと一緒に帰るとか、寝落ちするまで通話するとか、デートする相手。

そういう意味では……。

「いないよ」

園田さんは彼氏ではない。

「嘘！」

若干食い気味に言われてポカンとする。

「え……どうして？」

「あ、えっと、紗衣さん美人だし、優しいし」

容姿はまあともかく、この短時間で優しいかどうかなんて判断つかないでしょ。

「褒めてくれてありがとう。でも本当にいないの」

癖で、うっすらとした笑みを浮かべてしまう。

「じゃ、じゃあ、好きな人は？」

また彼の顔を思い浮かべてみる。

「そうね、いないこともないかな」

彼女の口から発せられた『好きな人』という言葉は妙に純粋できれいだ。

「まあ、男の人って浮気する生き物だから」

「紗衣さんも浮気されたことある？」

私は苦笑いで頷く。

「二年つき合った人、半年つき合った人、二人連続、相手の浮気で破局」

指で小さくバツ印を作る。

それで真剣な恋愛にうんざりしてしまった。

だったらいっそ自分は浮気相手でいい。それなら相手に期待して裏切られて、ムダに傷ついたりしないからって。

「ふーん……そっかぁ」

「浮気されてるってわかってても、別れないの？」

奈々美ちゃんは膝を抱えて顔を埋めた。

「相手と別れてくれたらそれでいい」

表情の見えない彼女が言ったところで、乾燥機がピーピーと終了を知らせる音を鳴らした。

奈々美ちゃんはお礼を言いながら、きれいになったTシャツに袖を通す。

「髪、乱れてる。ちょっと待ってて」

クスッと笑ってしまった。

「これ使ってないブラシだから」

髪をすいて整えてあげる。

「…………」

彼女は何か言いたげにこちらを見てペコッと小さく頭を下げた。

「念のため、連絡先聞いておいてもいいかな」

「え？」

「きれいになったとは思うけど、万が一親御さんに怒られたら困るでしょ？　その時は連絡くれれば私から謝るから」

コクリと頷いてくれたから、メッセージアプリのＩＤを交換する。

でも、きっと実際に連絡を取り合うことは――。

「……紗衣さん。夜、メッセ送ってもいいですか？」

「え？」

「さっきの話、友だちには相談しづらくて」

彼氏も同じ学校だって言っていたから、共通の友だちも多いのは容易に想像がつく。彼氏の浮気を相談すれば、友人関係にヒビが入るかもしれないし……もしかして浮気相手も同じ学校だったりするのかな。

了承したらその夜彼女からメッセージが届いて、何往復かのラリーをした。

この歳で、身内でもない女子高生の知り合いができるとは思わなかった。

スマホ画面のチビかわスタンプを見ながら、そんなことを考える。

◇

十月初旬。

「クリスマスケーキ?」

「え?　ああ、うん」

いつもみたいにベッドの上で何をするでもなく過ごしていたら、彼のカラフルなスマホ画面が目に入る。それは当然、私のためではない。

「おうちの?」

「……………」

無言になる彼に、バカらしくなって苦笑いを浮かべてしまう。

「ここでそんなもの見ておいて、その顔はないでしょ」

クリスマスケーキの予約サイトらしき画面。もうそんな季節なのかと思ったりもする。

「子どもにね。サプライズにしたいから選んでほしいって言われて」

それを不倫相手の家のベッドで選ぼうとしているなんて、家族に対しても私に対しても最低以外の何ものでもない。

「紗衣だったらどれが嬉しい？」

ましてや開き直って選ばせようとするなんて。と思いつつ、こういう人だからこちらも罪悪感を抱かずに一緒に過ごせるのだろうとも思う。

「子どもって、高校生だっけ？」

その響きに、奈々美ちゃんの顔が浮かぶ。

彼女とはあれから何度もメッセージのやりとりをしている。最初は恋愛相談だけだったのが、最近はときどき学校のことやチビかわのグッズがどうだとか、他のことも送られてくる。

「あ……チビかわ」

彼のスマホ画面のケーキカタログに、コラボのケーキを見つける。

「女子高生ってこういうの好きなんじゃない？」

「え？　ああ、そうかもね。でもうちのは違うな。もっとさ、紗衣のセンスで選んでよ」

本当に最低。

――『好きな人』

不意に、あの子が口にした言葉が浮かぶ。

純粋に好きかどうかを基準に男性とつき合ったのはいつが最後だったかな。

前の彼は〝嫌いじゃない〟〝なんとなく気が合う〟、理由なんてそんなものだった。

そして今は……顔は結構好きかな、それに声も。最低だって思うこの性格だって嫌いじゃない。でも一番の理由は〝はじめから期待しないからラク〟だってこと。

「紗衣?」

「じゃあ、これ」

適当なものを選んで指をさす。

〝適当〟〝どうでもいい〟そのくらいライトな関係でいればいい。

◇

十月下旬の土曜日。

「紗衣さんの好きな人ってどんな人?」

あのカフェで奈々美ちゃんに質問される。

メッセージのやりとりで打ち解けたのか、彼女から会いたいと言ってきた。

「ふつうの人だよ。なっちゃんから見たらおじさんかな」

彼女は学校でなっちゃんと呼ばれているらしく、気づけば私もそう呼んでいた。

「写真見たいな」

なっちゃんは初めて会った時とは比べものにならないくらいよくしゃべる。

「ないよ。大人はそんなに撮らないの」

写真なんて一枚もない。

もともと写真自体、そんなに撮るタイプではないけれど、それでも一年以上も過ごしていれば私だって恋人との写真も一枚くらいは撮る。普通の恋人同士なら。

「えーつまんなーい」

十歳下のなっちゃんと話すと、私と園田さんの関係が健全じゃないって突きつけられているような気持ちになる。

鼻から小さく息を漏らす。

「紗衣さんなんか元気ない?」

「そんなことないよ。あ、これ私の分もあげるね」

「え⁉　いいの？」

彼女の瞳がキラキラ輝く。

私が差し出したのが、チビかわのコースターだったから。

このカフェとのコラボメニューを注文するとランダムで付いてくるものだ。

「しかも猫！　見て見て！」

顔の横に猫のイラストが入ったコースターをくっつけて見せる。

「見た目はそんなに似てないよ。でも今日は前よりおしゃべりで、似てるって言われてるのが少しわかった」

「え、あ、そっか」

最初に会った日のことを思い出したのか、なっちゃんは恥ずかしそうに笑った。

それを見て、こちらもつい口元が緩む。

自分よりずっと年下で、純粋でかわいい。

私には姉しかいないけど、妹がいたらこんな感覚なのかな。


「おめでとうございまーす」

その日の会計で、自分と同い年くらいの女性店員に微笑まれる。

今引いたくじで何かが当選したらしい。

「チビかわのコラボカフェの招待券です」

「コラボカフェ？」

彼女の説明によれば、このカフェの本店が期間限定でメニューや内装をすべてチビかわ仕様にするらしい。

「え！　紗衣さんすごい！　私一般予約に申し込んではずれちゃったの。もうこのくじでしか当たらないんだよ」

隣でさっきよりずっとキラキラした目でこっちを見てくるなっちゃんのおかげで、招待券の価値を知る。

「なら、なっちゃんにあげるよ」

「え！」

「彼と行ってきたら？」

「え？　あ、ううん！」

彼女は首を横に振った。

「紗衣さんと行きたい。彼……は、どうせこういうの好きじゃないし」

「なら、お友だちと行けば？」

「紗衣さんとがいい。当てたのは紗衣さんだし」

目を見て言われて「それなら」と返事をする。


「たのしみー」

店を出ると、なっちゃんはスキップでもしそうな足取りで歩いている。

「じゃあ帰ったら都合のいい日を調べて送るね」

「うん！」

またクスッと笑ってしまう。

「なっちゃん？」

背後から誰かに呼ばれて振り返る。

そこに立っていたのは制服姿の女子高生。

「あ、優《ゆう》ちゃん。あれ？　学校？」

「うん、部活の帰り。菫《すみれ》が丘《おか》で試合の応援だったの」

菫が丘高校はこの近くにある学校の名前だ。

『優ちゃん』と呼ばれたその子が不思議そうな目でこちらをチラッと見た。

「なっちゃんのお姉さん？」

「ううん、違うよ」

彼女はますます不思議そうな顔をする。

「友だち……かな」

今度はなっちゃんがこちらを見る。

その響きになんとなく違和感を覚えながらも、小さく笑って頷く。

優ちゃんは終始不思議そうな顔をしたまま「そうなんだ。また学校で」と言って去っていった。

共通点もなさそうな、歳の離れた社会人の女と女子高生が友だちなんてパターンはめずらしい。あれが普通の反応だ。

「紗衣さんごめんなさい」

友だちの背中を見送りながら、なっちゃんがつぶやくように言った。

「え？」

「勝手に友だちなんて言っちゃって」

「どうして？　そんな風に思ってもらって嬉しいけど」

「でも、私……本当は――ううん、なんでもない」

そう言うと、なっちゃんはうつむいて何か考えを払うように頭を振った。

「ねえ紗衣さん」

こちらを振り向いたなっちゃんと目が合う。

「人の彼氏だってわかってるのに手を出す人って、どんな気持ちなのかな」

私のことではないはずなのに、心臓が一回大きくドクンと脈打った。

「……人によるんじゃないかな。そういうことが好きでやってる人もいれば、罪悪感を感じてる人だっているんじゃない？」

私はどちらだろう。

なっちゃんの視線に、喉の奥がヒリヒリとありもしない痛みを感じて苦しい。

◇

「何これ」

翌週、家に来た彼が棚に置かれた招待券に気づく。

「これあれだよな、チビかわ。なんからしくないじゃん」

「近くのカフェのキャンペーンで当たったの。コラボカフェの招待券」

「へえ。誰と行くの？」

「……何？　もしかして行きたいの？」

興味を持つとは思わなかった。

「まさか。うちの娘も好きだったなと思って」

「え、興味ないんじゃなかった？　ケーキの時はたしか」

「ん？　そうだっけ」

どれだけ適当な人間なんだろう。

無性に腹が立つのに、どうして私はこんな男と一緒にいるんだろう。

結婚したいわけでもないのだから、別れたっていい。

――『もう少し寂しそうにしてくれたら嬉しいんだけどな』

以前彼に言われた言葉がよぎる。

寂しくなかったら、多分こんな男を家に上げていない。

自分に自信があれば、もっとまともな恋愛をしている。

結局私は浮気される側の惨めな気持ちを味わいたくない、それだけでこの男と一緒にいる。

――『相手と別れてくれたらそれでいい』

なっちゃんみたいに純粋になれたらいいのに。

そう思った瞬間に、なっちゃんと制服姿の彼女の友人の顔が頭に浮かぶ。

見覚えのある私立高の制服だった。

◇

十一月も半ばになり、あっという間に冬が来るのを予感させる空気になった。

「お待たせしました」

「大丈夫、私も今来たところだから。走ってきたの？」

息を切らしたなっちゃんが「えへへ」とはにかむ。

今日は二人で約束していたチビかわの限定カフェに来ている。

「えー！　どうしよう！　全部かわいい！」

なっちゃんは今までとは比べ物にならないくらい興奮している。

「私も最近なっちゃんの影響でチビかわが気になるようになってきちゃった」

「え？　そうなの？　嬉しいな」

「クリスマスケーキもあるよね。なっちゃんは彼にリクエストしないの？」

私の一言で、さっきまでのテンションが嘘みたいに表情が一気に暗くなる。

「……クリスマスはきっと一緒に過ごしてくれないもん」

——それってもしかして、あなたの方が浮気相手なんじゃないの？

そんな考えが浮かびそうな場面だけれど、きっとそうじゃない。

「嫌なこと聞いちゃってごめんね。今はカフェを楽しもっか」

彼女を励ますように、できるだけ穏やかに笑う。

「う、うん」

「ほらこれ、ランダムのステッカーは私のもあげるね」

「わあ。紗衣さん大好き！」

かわいい笑顔。

私もこうして素直な反応を見せてくれるあなたが好きだよ。


ひとしきりチビかわだらけの空間を満喫して、私たちはカフェをあとにした。

「すーっごくかわいかったね！　想像の何百倍も！」

グッズの袋を手にしたなっちゃんが弾んだ声で言う。

「紗衣さんもチビかわが好きになったんだったら、今度一緒に買い物とかも――」

「ねえ、なっちゃん」

「え？」

大きな交差点にさしかかったところでなっちゃんに声をかける。

少し先をスキップしそうな足取りで歩いていた彼女が振り向く。

「なっちゃんの名字って、なんていうのかな」

素直すぎる彼女の表情が、一瞬で凍りついたのがわかる。

「…………」

「なっちゃんが言えないなら、当ててあげようか。あなたの名前は――」

「紗衣さん！」

「園田奈々美ちゃん、でしょ？」

「…………」

顔面蒼白になったなっちゃんの口元が、声にならない言葉を発しようと小さく動いている。

「なっちゃんのお友だちが着てた制服、女子校のだったよね。同じ学校の彼氏なんてあり得ない。なっちゃんの彼氏の話って、お父さんのことよね」

こちらが悪いのはわかっているから、彼女を責めたいわけじゃない。だけど言葉が止められない。

「お母さんに頼まれたのかな。お父さんの不倫相手を調べて別れさせろとかって」

「そんなんじゃない」

「ごめんね、嘘でも〝友だち〟なんて言わせて。本当は……大嫌いな女って言いたかったよね」

嫌みっぽく口にして、笑顔を作る。

「違うよ。私、紗衣さんのこと好きだよ」

「そんな嘘――」

「嘘じゃない！　私、あの時……本当は」

なっちゃんの声が微かに震えている。

「本当は、お姉ちゃんみたいな人だって言いたかったの」

意外な言葉に、今度は私が何も言えなくなってしまった。

「紗衣さんが思ってるみたいに……あの日、パパの浮気相手に近づいてやろうって思って、紗衣さんと同じ時間にカフェに行ったの」

それから彼女はあの日のことを話してくれた。

本当は彼女の家――つまり園田さんの家は、私の家の最寄り駅とは離れている。だけどたまたま彼女の通う塾があのカフェの近くだったそうだ。

そしてある時、自分の父親と女性が親しげに歩いているのを目撃してしまった。

「――ママはずっとパパが浮気してるって疑ってて。私は信じてなかったけど……見ちゃったから。それで別の日にその女の人があのカフェにいて、常連さんだってわかって……」

それであの日、私にどう声をかけようかと迷っていたところで、あんなことになってしまったらしい。

「メッセージを送りたいって言ったのはどうして？　パパとのこと探りたかった？」

「……そうじゃないとは言えない。あの日も本当は、別れてくださいってお願いするつもりだった」

私はふうっと小さくため息を漏らす。

「やっぱり、私のことが嫌いでしょう？」

なっちゃんは、首を何度も横に振る。

「私のママ、パパが浮気してるって疑い始めるよりずっと前からいつもイライラしてて。パパはパパであんまり家族を大事に思ってないって、なんとなく感じてて」

あの人のことだから、きっと表面上は繕っているつもりだったはずだ。

「だからあんまり……家は好きじゃないの」

「………」

「紗衣さんははじめから優しくて、大人で……いつもメッセもすぐに返してくれたし、だから――」

「そっか」

嫌だな、私の声もかすれている気がする。

「別れる。なっちゃんのお父さんとは」

目を潤ませた彼女が私の顔を見つめる。

「どうやら私、園田さんのことあんまり好きじゃなかったみたい」

「え……」

なっちゃんの頬に手の甲でそっと触れる。

「だってよく見たらこんなに似てるのに、最近まで全然気づかなかったんだから」

あの人の顔なんて、本当はよく見てなかった。

「じゃあ、これからも」

今度は私が首を横に振る。

「それはダメだよ。私たちが一緒にいるのはいけないことなの。もしもお父さんやお母さんに知られたらなっちゃんの家族が壊れちゃう」

私の言葉に、彼女の目から涙がこぼれた。

「なんでパパなの?」

深い理由なんてない。

ただ、飲み会の帰りにそういう流れになっただけ。

嫌いじゃなかっただけ。

誰かの二番目でいいって思っただけ。

「ごめんね」

視界が少しぼんやりしている。

「園田さんより先になっちゃんに会えたらよかったね」

そしたらもう少し、きれいでいられたかもしれない。

「私もなっちゃんのこと、妹みたいって思ってたよ」

「だったら」

私はまた首を振る。

「今日でおしまい。メッセージのＩＤも消す」

泣いている彼女の頭を撫でる。

「悪い大人に懐いちゃダメだよ。バイバイ、なっちゃん」

泣いている彼女を置いて、信号が点滅を始めた横断歩道を渡る。

これでいい。
だって、私となっちゃんにも、私と園田さんにも未来がないから。
「二番目ですらなかったか」
交差点でポツリとつぶやく。
なっちゃんの彼氏の浮気相手の話は、どれも私とは正反対の女の話だった。
――『もっとさ、紗衣のセンスで選んでよ』
――『クリスマスはきっと一緒に過ごしてくれないもん』
誰のためのケーキ?
本当に、どこまでも最低な男。
バカらしすぎて、思わず笑ってしまう。
だけど、このことはなっちゃんには教えない。
だって私はべつに、人様の家庭を壊したいわけじゃないから。

fin.

隣の席の高梨さん

隣の席の高梨《たかなし》さん、男性、たしか三十代前半……は、謎が多い。というかよくわからない。

だって私がこの会社に入って二か月、ろくに話したことがないから。

私こと浅木《あさぎ》みちるは海外の食品メーカーの日本支社に転職して二か月の二十六歳。配属された部署はマーケティング部。

自分で言うのもなんだけど、私はわりと明るくてコミュニケーション力も人並みにあって、無難といえば無難だけど見た目だってちゃんと流行を取り入れていて……まあつまり、誰とでも普通に打ち解けられるタイプ。

学生時代も前の会社でも、隣の席の人とは楽しくおしゃべりしながら仲よく過ごしてきた。

なのに高梨さんは、いつもピシッと背筋を伸ばしてパソコンの方を向いたまま、業務内容以外は一言もしゃべらずに終業時間を迎えることも珍しくない。

当然飲み会なんかにも参加しない主義のようで、入社した時に開いてもらった歓迎会にもいなかったような気がする。

ツヤのある黒い髪にパリッとアイロンがかかったシャツ。その見た目と仕事ぶりから、真面目なしっかりものだということは十分すぎるほど伝わってくる。

きっと余計なコミュニケーションに労力を使わないタイプなんでしょう。

仕事だからそれでいいんです、それでいいんですけど……同僚って、ましてや隣の席同士ってもっとこう、和気あいあいと雑談するとか、おやつをシェアするとかあると思うんだけど。

ひと言も話さないって、同僚どころか知り合いですらないくらいの壁を感じる。なんの関係もない他人同士って感じ。……まあ、仕事だからいいんですけど。

午後三時のオフィス。

「……さん、浅木さん」

遠のいた意識を呼び戻すように誰かの声で目をパチっと開ける。

ハッとして、一瞬キョロっとまわりを見て、声の主である隣の男性と目が合う。

「私、またやっちゃいました？　すみません」

「えへへ」と、これでも申し訳ないと思いながら苦笑いで謝ると、高梨さんは眉を寄せて小さくため息をついた。

「これ、こっちに紛れてましたけど、浅木さんの案件です」

淡々としたどこか冷たい口調で書類を差し出すと、視線はパソコンの方に戻る。

ラジオが流れているわけでもないこの職場は、電話もそれほど多くなく、午後のこのまったりとした空気の中では会話でもしていなければついつい居眠りをしてしまう。「つまりあなたのせいですよ、高梨さん」と、心の中で我ながら非論理的なことを思ったりする。


別の日の昼休み、ランチをしながら同じ部署の柚原《ゆずはら》さんに彼のことを聞いてみる。

私と同い年の彼女は、新卒入社でこの会社にいるそうだ。

「高梨さん？　ずっとあんな感じだよ。誰に対しても」

予想通りの答えではある。

「何？　高梨さんのことが気になってるとか？」

柚原さんの目が若干ニヤついている。

「そんなんじゃなくて、ちょっと……」

「あやしい」

「本当に違うって」

全然知らないんだから、恋愛的な意味で気になるなんてことはまずない。

ただちょっと、憂うつに思っていることがあるだけだ。


それは帰宅時間に訪れる。

水曜日の午後六時。

普段なら仕事を終えて、るんるん気分で会社を出るのだけれど……。

「おつかれさまでーす」

そう言って、私はエレベーターに乗り込む。

扉が閉まりかけた瞬間、「乗ります」という男性の声。

そこで私の心に憂うつが顔を出す。

乗ってきたのは高梨さん。

「おつかれさまです……」

「おつかれさまです」

終業時間が被ってしまった彼と一緒にエレベーターに乗り、一階のエントランスで社員証をかざして、会社を出る。

それだけならいいのだけれど、問題はここから。

駅までの徒歩十五分、私は高梨さんから三メートルほど後ろを、距離を詰めることなく歩いていく。

初めて同じ時間に帰った日は、私から話題を振って十五分の間を持たせた。だけど次第に仕事のこと以外で話すこともなくなっていって、私ばかりが話題を探すことになんだか疲れてしまった。

迂回するのも馬鹿らしいし、駅までの間にコンビニなんかもない。それに、時間を潰すくらいなら早く帰って休みたい。

あれこれ考えているうちに、わざとゆっくり歩いて適度な距離をとり、駅まで後ろをついていくというおかしな行動を取るようになってしまった。

なんなら電車も同じ方向だけど、さすがに車両を変えている。

駅に着くまで、〝ストーカーじゃないんだから〟とツッコミを入れながら高梨さんのまっすぐな背中を眺めていることになる。七月の今は夕方六時でもまだまだ明るくて、そんな背中もよく見える。

これから、どちらかが会社を辞めるまで、帰宅時間が被るたびにずっとこうなんだろうか……なんて想像してため息をついた時だった。

「え……」

高梨さんの左の方から何かが飛んできて、そのまま彼の左肩に乗った。

高梨さんは肩の気配に気づいてチラッと見て、一拍空けるように黙ってから「え？」と声を出した。

「あ！　高梨さん、動かないでください！」

とっさに身体が動いていた。

私は、彼の肩のそれに指を差し出して乗せると、両手で包み込んだ。

高梨さんは今までに見たことのない呆然とした顔でその光景を眺めている。

「鳥です。インコ」

「インコ？」

もっと正確に言うなら、水色のセキセイインコだ。インコと言われて真っ先に思い浮かべる人が多そうな、よく見かけるインコ。

手の中が、じんわり温かい。

「肩に乗るほど慣れてるってことは、どこかのお家から逃げてきちゃったんじゃないでしょうか」

「そうですか」

関心がなさそうな声でそれだけ言うと、高梨さんは踵を返して駅の方に向かおうとした。

「え、ちょ、ちょっと！」

「なんですか」

面倒そうに振り向かれる。

「なんですかって、インコ。どうしたらいいんですか？」

「保健所とか警察に届けるとかじゃないですか？」

いつも通りの淡々とした口調だ。

「私がですか？」

「浅木さんが持ってるんだから、そうなるんじゃないですか」

思わず眉間にシワを寄せてしまった。

「高梨さんの肩にとまったんだから、高梨さんの案件ですよ」

手の中の小さな生き物に〝案件〟なんて言いたいわけではないけれど、この状況を無視して帰ろうとする彼にはこういう言い方をしたくなる。

「だいたい手が塞がってて調べられないから、どこに連れて行けばいいかわからないです」

高梨さんは面倒そうな顔をしながら、スマホを取り出した。

「警察署はもう閉まってるから、交番に行くしかないみたいですね。駅の向こうにあるみたいです」

「案内してくださいよ」

そんなわけで、渋々という表情の高梨さんと二人で交番に行くことになった。

「コンビニ、寄りたいです」

夏休み前のこの時期、駅前のコンビニには虫カゴが置いてあって、この状況では非常に助かった。

蛍光グリーンのカゴにインコを入れる。

「……かわいい」

中で静かにしているインコを見ながら心の声を漏らしてしまった。

「かわいいですか？」

珍しく彼の方から質問される。なんとなく「どこが？」というネガティブな雰囲気が漂っているけれど。

「かわいいじゃないですか。昔実家で飼ってたので、インコ大好きです」

「ああ、そういえば社員証のホルダーに鳥の絵がついてましたね」

「え」

意外な言葉に驚いてしまった。

「違いました？」

「いえ、そうじゃなくて……高梨さんて他人のことに関心が無いのかと思ってたので」

「毎日首から下げてたら嫌でも目に入ります」

彼らしい低体温な答えだ。

「ペット可のマンションだったら連れて帰るのに」

「犬猫はダメでも小動物とか鳥ならＯＫだったりしないんですか？　うちはそうです」

私は首を横に振る。

「何か飼えないかと思って賃貸契約書のそこだけは熟読しましたけど、小動物どころか魚もダメです」

「そこだけ熟読って」

呆れ気味に言われてしまった。


駅の高架をくぐって交番にたどり着いた。

「では遺失物として受理しますので、この書類に記入してください」

虫カゴをテーブルの上に置き、高梨さんと隣り合って座ると、お巡りさんに書類とペンを渡される。

「この子、どうなるんですか?」

「ここじゃ世話できないので、あなた方のどちらかで預かっていただけませんか?」

「は?」

お巡りさんの言葉に、高梨さんが一文字で面倒だとわかる声を出す。

「じゃあ高梨さんですね」

「…………」

彼がやや睨むようにこちらを見る。

「だってさっき、鳥なら飼えるって」

「だからって」

「これはあくまで高梨さんの案件ですから」

〝さっさと書類を書いてください〟と手のひらで促す。

またしても渋々という表情をした高梨さんが、ペンを手に取る。

「え、二十八歳⁉」

冷たい視線がこちらに向けられ、思わず口を押さえた。

「何歳だと思ってたんですか？」

「……その落ち着きは、てっきり三十代かと」

「関心がないのはそっちじゃないですか。だいたい個人情報を覗き過ぎです」

若干軽蔑を含んだように呆れたため息をついて、彼は続きを書き始めた。

高梨一《はじめ》、二十八歳。初めて知った。

毎日隣の席で仕事をしていたというのに、我ながら呆れてしまう……けど、それはやっぱり高梨さんがコミュニケーションを取ろうとしないせいでは？とも思う。

「では、飼い主さんから連絡があったら高梨さんに連絡しますので」

私たちは、ぺこりと頭を下げて交番をあとにした。

「高梨さんの最寄り駅って菫《すみれ》が丘《おか》でしたっけ」

私の家と同じ路線の、私の最寄りの二つ手前。急行電車が止まる少し大きな駅だ。

「……そうですけど」

不機嫌そうな表情の高梨さんと一緒に電車に乗り込む。

「タオル？」

私はインコの入ったカゴをタオルでぐるぐる巻いて、肩から下げていた通勤用のトートバッグにそっと入れた。

「明るいのも人が多いのもきっと怖いと思うので」

「そんなに鳥が好きなら浅木さんが連れて帰ればいいじゃないですか」

「往生際が悪い……」

思わずつぶやいてしまい、高梨さんの不機嫌さに拍車をかけてしまった。

「そんな小さなカゴで飼えるわけないじゃないですか！」

菫が丘駅でさっさと帰ろうとする高梨さんを制止する。

「どうせ短い間のことですよ」

「人様の家の大事な子です。だいたいエサだってないでしょ？」

またしても眉間にシワが寄った高梨さんと、駅前のホームセンターに立ち寄る。

ケージと呼ばれるいわゆる鳥カゴやエサなど、最低限必要と思われるものを購入して、彼の家に一緒に向かう。駅から徒歩五分程度でマンションに到着した。

「まさか家の中まで上がって来られるとは思いませんでした」

「だってケージの組み立てとか、一人じゃ大変じゃないですか」

「……そういう意味じゃなくて」

高梨さんの部屋は、イメージ通りのきちんと片付いたきれいでシンプルな男性の部屋だった。

そこに不似合いな鳥カゴが異様な存在感を放っている。

「いいなあ……インコ」

カゴの中の青い小鳥をうっとりと眺めてしまう。

「全然鳴かないしおしゃべりもしないから女の子ですかね」

「そんなこともわかるんですか？」

私はコクリと頷いた。

「個体差もあるとは思いますけど、インコは男の子の方がよくおしゃべりします」

「へえ。浅木さんはインコだったら絶対オスですね」

「うるさいって言ってます？」

私は眉を寄せる。

「この子、ちゃんと毎日カゴから出して遊んであげてくださいね」

インコを指に乗せて、カゴから出した。

「はぁ？」

今日一番の怪訝な表情をする高梨さん。

「カゴに入れておくだけでいいでしょ。世話はちゃんとやりますよ」

「かわいそうじゃないですか！」

「べつに俺のペットじゃないし」

心底嫌そうな顔をしている。

「さっきから思ってたんですけど、高梨さん、全然この子に触ろうとしないですよね」

なんとなく、そんな気がしていたけど。

というよりさきほどからの反応を見るに……、

「もしかして鳥が怖い？」

「………」

やっぱり。

「私の友だちにも何人かいます」

「顔がニヤついてる」

「だって……高梨さんに怖いものがあるなんて思わなかったから。いつもスンってすましてるのに」

意外な弱点に思わず笑ってしまう。

高梨さんはどこか悔しそうにため息をついた。

「昔、カラスに襲われたんですよ。それ以来鳥は嫌いです」

「この子はカラスみたいに大きくないですよ」

「小さくても鳥は鳥です」

鳥が嫌いな友人に理由を聞いたことがある。

〝脚が爬虫類みたいで怖い〟〝羽が気持ち悪い〟など、理由は色々のようだけど、怖いとか生理的に受けつけないという感覚のようだ。

そんな相手に緊急事態とはいえ鳥を押しつけたのだから、申し訳なく思う気持ちだってある。

「彼女とかいないんですか？　その人に遊んでもらえばいいじゃないですか」

「あいにくいないです」

他人に興味がなさそうですもんね。と、なんとなく納得してしまった。

「わかりました。じゃあ私が遊びます」

「え」

「だって家に帰る途中だし」

私の提案に、彼はため息をついた。

「簡単に男の家に上がるってどうかと思いますよ」

「でも鳥がいるんですよ？」

試しにズイっとインコを乗せた指を高梨さんの顔の前に出してみた。

高梨さんは無言のまま、小さくあとずさりをする。

「大丈夫そうですね」

私はニヤリと口角を上げた。


翌日午前十時、オフィス。

「ピーちゃん、元気ですか？」

隙を見て高梨さんに話しかけてみる。

「ピーちゃん？」

「名前があった方がいいかなと思って」

「飼い主が見つかったらいなくなるんだし、変に情が移るようなことしない方がいいと思いますけど」

想像通りのドライな反応。

「言われた通り、水とエサとカゴのシートは変えました」

「もっとそういうことじゃなくて、なんていうか……まあ、見に行くからいいです」

「…………」

高梨さんが今どんな表情をしているのか、横を向かなくてもなんとなく想像がつく。

「なんだかんだでピーちゃん押しつけちゃって。ありがとうございました」

「今さらですね」

昨日の出来事で、この二か月分以上の会話をしたと思う。そして、高梨さんがどういう人なのかも、二か月隣に座っていた間よりも知ることができた気がしている。

午後六時。

「おつかれさまです」

いつも通り、定時で仕事を終えた。

「……おつかれさまです」

エレベーターに乗り込んだ高梨さんは憂うつそうな顔だ。昨日の私たちとはきっと表情が逆転している。

いつもは高梨さんの後ろをそろりそろりとついていく道を、今日はひさしぶりに並んで歩く。

「あ、そうだ。これ貰ってきました」

会社で貰ってきたものをバッグから取り出す。

「インコのおやつのサンプル。うちの会社のペット部門が輸入してるやつです」

「鳥のエサなんてあったんだ」

「うちって鳥のフードが結構充実してるんですよ。犬猫に比べたらたしかに存在感はないですけど」

ペット部門希望で入社したからよくチェックしていた。

「浅木さんて、寝てるだけじゃないんですね」

そこを指摘されるとバツが悪い。

「高梨さんがもっとおしゃべりしてくれたら、多分寝ないですよ」

「仕事中に余計な話はいらないでしょ」

突き放すように言われ、改めて壁を作られてしまった気がする。


夜八時少し前。

「お邪魔しました。やっぱり鳥は癒されますね！　高梨さんも早くピーちゃんに触れられるようになるといいですね」

ピーちゃんと遊んで、彼のマンションの玄関で会話をする。

「触りたい前提で話さないでください。それより先に飼い主が見つかると思います。問い合わせはいくつかあったみたいだし」

交番に届け出てから、SNSにも情報を載せた。飼っていた鳥が逃げてしまったという人は想像以上に多いようだ。

「ところで高梨さん」

「え?」

「……いえ、なんでもないです」

〝お腹が空いたから外にご飯でも食べに行きませんか〟なんて誘ってみようかと思ったけど、さきほどの態度を思い出したら断られてしまいそうな気がして、出かかった言葉を引っ込めた。

次にここに来る時は、コンビニでおにぎりでも買ってこよう。

翌日の金曜日は仕事が長引いてしまって、ピーちゃんに会いに行くことができなかった。

午後九時、スマホにメッセージが届く。

「え」

初期設定のアイコンに、【今通話できますか？】のシンプルな一文。

差出人は高梨さんだった。

ピーちゃんの緊急事態や飼い主探しに進展があった場合に連絡を取り合おうと、メッセージアプリのＩＤを交換してある。

つまり、緊急事態か飼い主さんが見つかったか。どちらにしろ、心臓をドキドキさせながら、こちらから電話をかける。

『はい』

「あ、高梨さん。こんばんは」

『こんばんは』

よく考えたら高梨さんと電話で話すのは初めてで、なんとなく耳にくすぐったさを覚える。

「あの、ピーちゃんに何かあったんですか？」

『ああ、それが――』

心配で緊張して、ゴクリと息を飲む。

『なんか急にしゃべりだしたんですけど』

「……へ？」

『だから、しゃべりだしたんですよ。浅木さんがくれたおやつをあげたら』

私は一瞬ポカンとして、それからゲラゲラと笑ってしまった。

そんなことで慌てて私に電話してくるなんて。

『何笑ってるんですか』

「え、いえ。ピーちゃん、男の子だったんですね。ふふ」

『そういうことじゃなくて』

私は笑って涙が滲んでしまった目を指の背で拭った。

「全然悪いことじゃないじゃないですか。高梨さんに心を開いてくれたんですよ。ふふっ」

『だから何笑ってるんですか』

「だって高梨さんがピーちゃんにおやつをあげたっていうのが」

『物欲しそうに見つめてくるから、つい』

ピーちゃんに何かしてあげたいと思ったのなら、心を開いたのは高梨さんの方なんじゃないだろうか。

電話の向こうから『んんっ』と照れを隠すように咳払いをするのが聞こえた。

『一晩中これだったら、寝れないんですけど』

「大丈夫です。カゴにカバーを被せたらそのうち黙って寝ますよ。でもいいなあ、私も聞きたかったです」

ふと、棚の上のカレンダーが目に入る。明日は土曜だ。

「明日、ピーちゃんに会いに行ってもいいですか?」

翌日土曜日、午後四時。

「わー本当におしゃべりしてる」

高梨さんの部屋のドアを開けた瞬間から、電子音にも似た、インコのおしゃべりする声が聞こえてきた。

「ピーちゃんおしゃべり上手だねー」

指に止まらせたインコに話しかける。

「昨日からずっとこんな調子です」

「なんでしょうねこれ、昔話？」

はっきりとは聞き取れない部分もあるけれど、物語のようだ。

「『じゅげむ』とかって聞こえてくるから、落語だと思います」

「これで飼い主さんも探しやすくなりますね、きっと」

私たちは【よくしゃべる】という情報だけをＳＮＳに追記した。飼い主を名乗る人が現れたら、どんなことをおしゃべりするのか質問してみるつもりだ。

「ところで高梨さん、ピーちゃんに触ってみませんか？」

「は？　嫌です」

「でもピーちゃんはこんなにおしゃべりしてますよ？　高梨さんのことが好きになっちゃったんだと思いますけど」

私はじっと彼の方を見る。指の上のピーちゃんも首を傾げるようにしながらじっと見つめている。かわいい。

高梨さんは観念するような表情を見せた。

「爪とか痛そうなんですけど」

ピーちゃんはずっとおしゃべりしている。

「痛くないです」

「噛みそうだし」

「本当に往生際が悪いですね。はい！」

ピーちゃんを高梨さんの指に乗せた。

高梨さんは立ったまま、無言で固まっている。ピーちゃんはずっとおしゃべりしている。

「ね？　べつに怖くないでしょ？」

「……なんか、こんなに小さいのに生きてるって感じがして」

私はうんうんと頷く。

「別の怖さがあります」

なんとなく高梨さんの言っていることがわかる。実家で飼っていたインコも、小さな身体から鼓動や熱を感じて〝生きている〟という感じがするのと同時に、繊細すぎて簡単に傷ついてしまうんじゃないかという怖さも感じた。

だけど彼がそんな風に言うなんて意外だった。

「優しいんですね、高梨さん」

不意に高梨さんが照れたような顔をしたから、心臓が小さく跳ねてしまった気がする。


午後六時、そろそろおいとましようかと荷物をまとめていると……。

グーッと盛大にお腹が鳴ってしまった。

「腹減ってんですか？」

「い、いえ、大丈夫です！」

これはさすがに恥ずかしい。

「軽く飯でも行きます？ 休みの日までインコのことで来てもらって悪いし。お礼におごります」

私が来たくて来ただけですけど。と思ったけれど、高梨さんから誘ってくれるなんて思わなかったからお言葉に甘えることにした。

彼の家の近くの、カウンター席のあるカジュアルなイタリアンで隣り合って座る。

「会社の席みたいですね」

つい色気のない事を言ってしまった。

「寝ないでくださいね」

フッと笑われる。

「高梨さんて、もっととっつきにくい人かと思ってました」

「合ってますけど」

自覚してたんだ。

「え？　ってことは、もしかしてわざと意地悪してたんですか？」

「意地悪はしてないと思いますけど」

「でもいつも、話しかけるなってオーラが出てますよ」

「話しかけて欲しいとは思っていないので」

そう言い放たれて、嫌われていたのかなと少ししょんぼりしてしまった。

「……前の会社では――」

高梨さんは少し考えてから、炭酸水を飲みながら淡々と話し始めた。

「割と普通に誰とでも話してたんですけど」

「想像できないですね」

「そしたら同僚女性に、気があると勘違いされて」

そんなに愛想がよかったんだろうかと想像してみるけど……できない。

「その人がストーカー気味になってしまって、大変だったんです」

彼は当時を思い出すように深いため息をついた。

「それで壁を作ってるってことですか？」

「まあ、そういうことです」

「ふーん。カラスの件といい、高梨さんはトラウマをたくさん抱えているんですね」

高梨さんは冷たいというよりは、他者に対して繊細なんだ。

同情しながら私はワインをひと口飲んだ。

「もったいないです」

「もったいない？」

「だって、高梨さんが悪いわけじゃないのに。人と話すのが嫌いだっていうんなら別ですけど、元は違ったんですよね」

「はい、まあ」

高梨さんは小さく頷いた。

「ピーちゃんに触れたみたいに、トラウマが克服できるといいですね」

そう言って、はたと気づく。

「そういえば高梨さんがピーちゃんと遊べるようになったということは、もう私が遊ぶ必要はないですね」

「ああ、そうか。それもそうですね」

つまりこうして高梨さんの家に来る必要もないということだ。

たったの数日のことなのに、一抹の寂しさを覚えてみたり……みなかったり。


水曜日、いつもの午後三時のオフィス。

「ピーちゃん、どうですか？」

「相変わらずずっとしゃべってます」

この一週間インコのことを話すようになって、午後に眠気に襲われずにすむようになった。

だけど土曜以来ピーちゃんに会えていなくて寂しい。

少ししゅんとしてしまったのが自分でもわかる。

「飼い主探しはどうですか？」

「暗礁《あんしょう》に乗り上げてます」

飼い主さんがしばらく見つからないのなら、また家に行ってもいいんだろうか？　だけど、ただの同僚が必要に迫られているわけでもなく家に行くのはさすがにおかしい気もする。

「浅木さん、これ」

高梨さんの方を向くと、彼の差し出したスマホに動画が映し出されている。

「あ……ピーちゃん」

「見たいんじゃないかと思って」

高梨さんが仕事中に私用のスマホを出したことも意外だったけど、笑顔を見せてくれたのにはもっと驚いてしまった。

変化が嬉しくて、スマホを見ながら思わず口角を上げてしまう。

「元気そうですね」

「そんなに時間も経ってないですけどね。もしよかったらまた――」

「え？　インコ？」

高梨さんが何かを言いかけたタイミングで、私たちの後ろから柚原さんが声をかけてきた。

「高梨さんのインコなんですか？」

「ええ、今保護してて」

「へえ、かわいいですね。私も昔飼ってたんですよ」

インコを保護したことはべつに二人の秘密というわけでもないし、トラウマを克服して他人ともっと話せるようになるといいと言ったのも私。

「何か私にも手伝えることとかあります？」

なのになんだかモヤっと嫌な気持ちになってしまう。

「ああいえ、大丈夫です。ありがとうございます」

そして今度は、安堵してしまったりもする。

「よかったんですか？　柚原さんに協力してもらわなくて」

去っていく彼女の背中を見ながらボソッと言う。

「焦って飼い主を探してるってわけでもないし」

あれ？　そうだったっけ？

早く飼い主が見つかることを祈っていたんじゃなかった？

そんなにピーちゃんと仲よくなってしまったんだろうか。

「ところで、もうインコと遊びにうちには来ないんですか？」

「行っていいんですか？」

「さすがに一人でずっと遊んでいられるほどは鳥好きになれてないんで」

「ならしょうがないですね。週末あたり行ってあげます」

口元がニヤけてしまうのを気取られたくなくて、パソコンに向かってキーボードを打つ振りをした。


翌日の昼休み、その知らせは突然やってきた。

「え……」

「だから、インコの飼い主が見つかりました。落語を話すっていう特徴も合ってるし、この会社の近くの人です」

ピーちゃんの飼い主が見つかったと警察から連絡があり、高梨さんが特徴などの答え合わせをして確認したそうだ。

「それで今度の土曜に引き渡すんですけど、浅木さんも立ち会ってくれませんか？」

「私も？」

「厳密に言えば、保護したのは浅木さんだし。お別れしたいんじゃないですか？」

やっぱり高梨さんは他者に対しての気づかいが繊細だ。


土曜日のお昼。

高梨さんのマンションに飼い主の親子が引き取りに来る形で、ピーちゃんの引き渡しが行われた。

「じゃあね。バイバイピー……じゃなかった、あおちゃん。元気でね」

ピーちゃんの本名は〝あおちゃん〟だった。

あおちゃんはお別れの時も、ずっとご機嫌な様子で歌の交じった落語をおしゃべりしていた。

玄関のドアが閉まると、シン……と静寂が訪れる。

「飯でも行きます？」

そしてまた、近所のイタリアンのカウンター席に座る。

「よくそんなに泣けますね」

「一緒に暮らしてたくせに泣かない高梨さんの方がおかしいです……」

「寂しくないとは言いませんけど、さすがに一週間ちょっとでそこまでは」

高梨さんのこういうところははじめから変わらずドライだけど、正直なところ、私だって純粋にピーちゃんだけのために泣いているのかわからない。

これで高梨さんとの会社以外の接点がなくなってしまったのが寂しい。

「高梨さん……」

「はい」

「仕事中、ピーちゃんの思い出話してもいいですか？」

「そんなにあります？　思い出」

あるわけがない。

「……じゃあ、他の話もしていいですか？」

「仕事に集中した方がいいと思いますけど、たまになら」

どうやら高梨さんは、すっかり元に戻るつもりのようだ。

少しくらい親しくなれたと思っていたのは、私だけなのかな。

「それより浅木さん」

「はい……」

私は泣いてボロボロになってしまった顔を、ペーパーナプキンで押さえる。

「これからもたまにはうちに遊びに来てくれません？」

「え？」

顔を上げると、高梨さんが笑ってる。

「ここのところ家の中がうるさいのが当たり前だったから、急に静かになって寂しいんですよね。だから浅木さんくらいにぎやかな人がいてくれたら嬉しいな、と思います」

「え⁉」

それってつまり……。

「えっと……私、ストーカー気味になっちゃうかもですよ？」

テンパって我ながらおかしなことを言ってしまった。

「他人の年齢にも下の名前にも興味がない人は、ストーカーにはなれないと思います」

「なれないって、失礼な……？　あれ？　これって失礼？」

高梨さんはおかしそうに笑っている。

「しょうがないから、遊びに行ってあげてもいいですよ」

せっかく拭ったのに、また涙が溢れてきてしまった。

fin.

知らない場所で、
知らない二人

「マジか」

八月のある木曜、深夜十一時四十五分。

初めて降りた駅で、あたりの景色に絶望して呆然と立ち尽くす、スーツ姿の俺。

駅舎はそれなりに新しくて、煌々《こうこう》とした光を放っている。

けれど終電が出てしまった駅は、俺を無情に締め出した。

普段使っている路線の終点にあるこの駅は、海が近くて潮の匂いが鼻をつく以外、真っ暗で何もない。

宿もなければ一晩過ごせそうなマンガ喫茶なんかもないと一目でわかる、空き地のような空間だけが目の前に広がる。

タクシーで帰るという方法もあるが、県を跨《また》いでの移動は一体いくらの出費になるのかと考えると躊躇してしまう。

ベンチでは俺と同じような境遇の人間なのか、酔っ払いらしき男が新聞紙をかけて寝ている。

「どうしよ……」

◇

話は昼の二時に遡る。

「ちゃんとお伝えしましたよ、私は」

絶対聞いてねえし。

「数の間違いはそちらの落ち度ですからね」

発注フォームが無理でも、せめてメールで残せよ。

「これ、半数キャンセルで」

そんなワガママがビジネスで通用するわけねえだろ。

俺は頭を下げたまま相手にわからないよう、小さくため息をつく。

「すべてこちらの落ち度です。こちら、引き取らせていただきますね。もちろんキャンセル料はいただきません」

顔を上げたらこれ以上ないくらいの完璧な営業スマイルを見せる。

「当たり前でしょ！」

社交辞令でも「ありがとう」くらい言えよ。

なんて思っても絶対に口には出さない。偉いな、俺。

輸入食品のチェーン店の店頭で鬼の形相のおばちゃん……かなり年上の女性店員に怒られている俺――小田切千紘《おだぎりちひろ》、二十四歳。

アルコール飲料メーカーの営業になって二年半。一人で営業先の担当を持つことも増えてきた。

今がどういう状況かと言えば……この店員が夏のビールフェアを開催するからと、うちの会社のビールを発注しておいて、納品当日に店に来てみたら『半数をキャンセルしたはずだ』と言い始め、先ほどのやりとりだ。

本人は口頭で伝えたと言っているが、もし俺が店頭で聞いていれば必ずスマホにメモを残しているし、電話連絡でもパソコンかスマホに記録を残す。そして必ず、こちらから確認のメールを入れるようにしている。それがすべて存在しないのだから、どう考えても聞いていない。

本来なら発注数の変更は顧客向けサイトの専用フォームから入力してもらうことになっているが、この店員は面倒がっていつも店頭での口頭か電話で伝えようとしてくる。

うちが国内メーカーだから輸入食品店では優先度が低いこと、それに俺が二十代半ばの若手だから、ハッキリ言って舐められている。

「ビールフェア、絶対盛り上がりますね！　追加発注お待ちしてます！」

どんなに腹が立ったって、とにかく揉め事を起こさないようにひたすらニコニコと笑って、明るい声で受け答えをするのが俺の役目だ。

納品予定だった缶ビールのケースを営業車に運ぶ。

この仕事を始める前は好きなチェーン店だったけど、この店舗の担当になってからはプライベートで立ち寄ることはあまりなくなった。このまま嫌いになってしまいそうだ。

「小田切、なんだよこれ。返品は受けるなって言ってるだろ？」

午後三時、営業から戻ったオフィスで今度は部長の説教。

「納品前なんで、ギリ返品じゃないっす。持ち帰りです」

「屁理屈言うな」

四十代の部長はムッとして言うけど、このくらいの減らず口を叩けるくらいじゃないと営業はやっていけない。

「他の客先で納品決まってるんで、大丈夫です。リカバーします」

それだけ言って、自分のデスクに戻ってパソコンに向かう。

俺のせいじゃないなんて言い訳をしてはいけない。

うまくいっているとは言い難い客先があれば、こういう時に助けてくれる客先だってある。そうやってバランスがとれていれば、営業成績だって特別悪くなったりもしない。

俺の同期の営業は四人いたけど、既に二人辞めている。

辞めていった二人に比べれば、俺は営業の仕事に向いていると思う。それは今この席にこうして座っていることからも実感する。

俺は周りと比べて要領がいい方だから、困り事があってもこうやって自分でカバーできることも増えてきた。

それに理不尽なクレームが入ろうが、残業が続こうが、リフレッシュする日を作ってちゃんとメンタルの衛生を保っている。

例えば会社と無関係な友人と飲むとか、学生時代の友人とカラオケに行くとか、好きなアーティストのライブに行くとか、会社のことが頭から離れるようなイベントを入れるようにしている。

「なんか楽しそうじゃん。怒られてたくせに」

パソコンに向かって鼻唄を歌っているのを先輩の市川《いちかわ》さんに目撃された。

「今日ライブなんですよ。だから絶対定時で上がります」

今日がちょうどそのリフレッシュの日だ。

社内ネットワークの共有カレンダーにも、定時上がりの予定を記入した。

仕事が終われば、激戦を勝ち抜いてチケットを手に入れたライブだ。

その楽しみがあれば、あんな理不尽な要求にも耐えられる。

正直、ここのところ別件でも残業続きで毎日終電で帰っていたから疲弊している。

その追い討ちが、今日のキャンセル騒動だった。その分まで、今日はライブで発散させてもらう。

ところが午後五時十五分。

定時の午後六時を目前に、デスクで今日最後の見積書を作っている時だった。

「小田切さん、二番にNNマルシェの南波《なんば》さんから外線です」

南波さんというのは、昼間の女性だ。

嫌な予感は気のせいだということにして受話器を取る。

「え？」

『だからぁ、昼間のキャンセルは間違いだったんですってば』

「間違いって」

『小田切さんも悪いんですよ？　あの場でもっと強く言ってくれなくちゃ』

舌打ちが出かけたところで小さく深呼吸をして冷静さをキープする。

相手はお客様で、注文をしてくれようとしているんだ。こちらに損は何もない。

「あはは。そうですね。では、明日改めて――」

『今夜もう一度来てちょうだい』

「え？　今日このあとですか？」

『フェアは金土日が一番商品が出るんだから、今日持って来てくれないと機会損失になるじゃない』

その原因を作ったのはあんただろう。

「でも、今からというのは――」

そこまで言ったところで、市川さんが受話器を取り上げる。

「あー、南波さん？　おひさしぶりです、市川です」

先輩はあの店の俺の前任の担当者だ。

「ビールフェア、初日から盛況な感じですか？　あはは、さすがっすね」

親しげなやりとりが、市川さん側の言葉だけでもわかる。

彼が南波さんのお気に入りなことも、俺が彼女に舐められている原因だと思う。

「ああ、はい。もちろんこのあと小田切に持って行かせます」

「え⁉」

思いっきり嫌な顔をしてしまった俺を尻目に、市川さんは受話器を置いた。

「お前なあ、こういう話の時は二つ返事で納品に行けよ」

「でも、キャンセルしたのは向こうです」

商品だって、もう他の店への納品の手配をしてしまった。

「でも改めて注文くれるって話だろ？」

「……それに俺、今日は定時で」

「小田切、お前仕事舐めすぎ。営業だったら売上を上げることが最優先だろ」

市川さんに呆れたように言われてしまえば、逆らうわけにはいかない。

ライブの開始は七時だ。

これから商品の出庫の手続きをして、営業車で納品に行って戻って……会社と会場が近いのが幸いだ。きっと十五分くらいの遅れで参加できる。

とにかく少しでも遅れずに会場に着くことが今できる最善の策だ。

【もし遅れたら、先に中入って席についてて】

ライブに同行する彼女にメッセージを送る。

急いで準備をして、南波さんの店に行く。

午後六時。

「お詫びに一番目立つところにおたくのビールを置いてあげたから」

「……ありがとうございます」

南波さんは、昼間は悪かったとか、でもそちらも悪いとか、市川くんは感じがいいわね……なんて、どうでもいい話をマシンガンのごとく繰り広げる。

いつもなら適当に切り上げられるのに、ひさびさの市川さんの登場が余程嬉しかったのか、今日はなかなか終わらない。

それでも俺の生返事と軽すぎる相槌がつまらなかったのか、なんとか話を終えてくれた。けれどもう、六時半を過ぎている。

六時五十分に会社に戻って、日報をつけて荷物に手をかけたところだった。

「小田切さーん、今日中の見積もり一点出てないです！　それにこっちの見積もりもちょっと違う気がします」

営業事務の女性に声をかけられる。

「小田切くん、業務から内線。なんか今日の出庫の件で話があるって」

また別の人から言われる。

その時点で、半分くらいはライブに行くのを諦めていた。

【ごめん、遅れるの確定。先入ってて】

メッセージを打ちながら、俺が行きたがったライブに一人で参加させられる彼女の怒った顔が脳裏に浮かぶ。

それから結局その日は色々なことが重なって、仕事を終えたのはライブが終わるのとほぼ同時の夜九時半だった。

「おつかれー、これ試供品。持って帰って飲め」

市川さんから新商品の缶ビールを三本差し出された。

こんなもので、俺が元気になるはずがないなんてことは市川さんだってわかっている。だから無言で受け取って「おつかれさまです」と頭を下げた。

会社を出たタイミングでスマホが着信を知らせる。

「はい」

『ずっと待ってたんですけど』

彼女の声がものすごく不機嫌だ。

「悪かったって。しょうがないだろ？　仕事だったんだから」

『しょうがないって何？　私だって早めに仕事を切り上げたんだよ？』

俺だってそうしたかった。

『私が一人で行ったって、曲だって全然わからないしつまらなかったよ』

楽しんで欲しかったから事前にプレイリストだって共有したんだけどな。

「そんなこと言うなって。俺はめちゃくちゃ行きたかったのに」

『だったら来ればよかったじゃない！』

「だから──」

『もういい！』

通話終了。

そりゃあ急な予定変更で迷惑をかけたことくらいわかってる。

だけど、俺だって今日のライブがあるから毎日の残業もがんばってたんだ。なんで怒られなくちゃならないんだ。

──『つまらなかった』

感情的になって言ってしまっただけだというのはわかっているけど、そのつまらなかったものが、俺には希望みたいなものだったんだ。

だんだんと申し訳なさよりも腹立たしさと虚しさが上回ってきた。

そんな気持ちのまま、気づいたら駅のホームに着いていた。

冷静になろうとベンチに腰掛ける。

「はぁっ」と大きなため息をついて、スマホを取り出して無効になってしまったライブチケットを画面に表示する。

「行きたかったなぁ……」

南波さんの顔が浮かぶ。

明日もどうせ残業だ。

「いっそもう辞めるか？」

つぶやいてみたけれど、次の仕事を探すのも面倒だなと現実的な思考が邪魔をする。

その時だった。

『間もなく、深端口《みはしぐち》行き最終列車が到着します』

いつもなら無意識で聞き流している、電車到着のアナウンスが耳に入ってきた。

「深端口……」

それはこの路線の終点で、隣の県の深浦《みうら》半島の端の方にある駅だ。

釣り人なんかには人気の駅だけど観光地というわけでもなく、俺が降り立つことは一生ないかもしれない、なんて思っている。

だけど今夜は妙にその名前が強く耳に響いた。

電車に乗って数十分。

知らないうちに、降りるべき駅を過ぎていた。

乗客の減っていく車内でボックス席に一人で座って、市川さんに貰ったビールを開ける。新幹線でもない車内でアルコールを口にするのは初めてだ。

〝ここまで来たら、もう後戻りできない〟

いつの間にか、そんな気持ちになっていた。

◇

「いや、いつでも後戻りできただろ……」

三十分前の自分にツッコミを入れる。

幸い真夏だから、寒さに凍えるようなことはなさそうだ。

出費を覚悟してタクシーに乗るか、それとも一晩ベンチに座って過ごすか……究極の選択だ。他に同じような人間がいれば、タクシーに相乗りして割り勘という手もあるが……。

「メイちゃん⁉」

突然男の声がして、ガサッという音も聞こえた。

ビクッとして声と音の方向に視線をやると、ベンチの上でさっきまで寝ていた酔っ払いがキョロキョロとあたりを見回している。どこかボーッとしていて、状況が理解できていないという表情だ。

服装は俺と同じようなジャケットを脱いだネクタイ姿だけど、全体的にヨレヨレだ。年齢は、部長と同じくらいだろうか。

「どこだ？　ここ……」

そうつぶやいた彼と、うっかり目を合わせてしまった。

「ここは、一体……？　僕は何を……？」

「いや、そんなドラマチックに言い直さなくても」

大袈裟な声色の一言でわかる。ふざけた人間だ。

「深端口駅ですけど、あなたが何をやっていたかは知りません。今来たばかりなんで」

「ああ、深端口か。ああ、そっかそっか、そうだった。寝ちゃったか～」

何かを思い出したようだ。

「メイちゃんは？」

「え？」

「見かけなかった？　派手な感じできれいな二十代の女の子」

「見てないっす」

「え～？　おかしいなあ……あ、ない」

男はズボンのポケットから取り出した財布を開いた。

「金取られたんですか？」

「取られたというか、持っていかれたというか……」

同じだろう。

「そうかー、メイちゃん帰っちゃったかあ」

男はフッと諦めたように笑う。

「メイちゃんというのは？」

「キャバクラの女の子。一緒にここに来たんだけどね」

よくこんなところまでついてきたな。

「で、その子に金取られたんですね」

「いや、帰りの電車賃くらいは残ってるし、ＩＣカードも残してくれてあるし、メイちゃんが帰る分だけ持って行ったんだよ。布団がわりに新聞紙もかけてくれたんだね。優しいなあ」

お人好しなのか、酔っ払っていて正常な判断ができていないのかわからないけど、哀れなおじさんだ。

「で、君は？　ここで何を」

「べつに」

「〝べつに〟でこんなところにいないでしょ」

「…………」

自暴自棄になってここに来たというのは、正直なところ恥ずかしい。

「まあいいや。これも何かの縁だし、一晩付き合ってよ」

「は？」

「は？って。だって僕、電車賃しかないから帰れないもん」

おっさんのくせに語尾が〝もん〟って。

「それが俺になんの関係が」

「関係ないから縁なんだよ」

意味不明な理論を真顔で展開される。

「他に人もいないみたいだし、タクシーで帰るなら君一人だよね。お金がもったいないんじゃない？」

それを言われると痛い。

「始発で帰っても会社には間に合うんじゃないの？」

「付き合うって一体」

どう見ても、居酒屋どころかファミレスすらも見当たらない。

「これこれ、やっぱり夏はこれだよね」

日付もとっくに変わった真っ暗な砂浜で、なぜか知らないおじさんと花火をしている。

シューシューという音とともに、火薬の匂いと煙があたりに立ち込める。

「懐かしいね、この感じ」

二人とも花火に顔を照らされている。

「いえ、俺は毎年結構やってるんで」

先週も彼女と友人と一緒に花火をしたばかりだ。

「あー若いからね。そっか」

知らないおじさんことシュウジさんは、手持ち花火の白い光を見たまま笑う。

ここに来る途中のコンビニで、シュウジさんは真剣に花火を選んでいた。

「本当はメイちゃんとやる予定だったんだけどなあ」

シュウジさん曰《いわ》く、メイちゃんの店で飲んでいて『この世の果てで一緒に花火をしよう！』と盛り上がってここに来たらしい。

彼は『果てっぽいでしょ、このなにもなさ』と笑っていた。

メイちゃんが正気になって酔っ払いを置いて帰ったのは賢い判断だと思うが、そのとばっちりを俺が受けるはめになった。

「青春って感じだ」

「いや、どう考えても大人二人のシュールな光景でしょ」

俺のツッコミにも、シュウジさんはヘラヘラと笑っている。

おかしな光景とはいえ、はっきり言って朝まで暇だし、この人と花火をして時間を潰すしかない。

「次このシマシマのやつ」

「お、いいねー」

ヤケになってどんどん花火に火をつけていく。

「案外悪くないっすね」

こうして炎を見ていると、昼間の光景や彼女とのケンカの方が現実ではなかったような気になっていく。

「ちょっと休憩」

花火のパックを二つ開けたところだった。

シュウジさんはタバコを取り出すと、砂の上に腰を下ろした。

「オダくんってタバコ吸うの？」

シュウジさんから少し離れて腰を下ろして頷く。

名前を聞かれ、この怪しい人物に本名を教えるのもどうかと思ったのでオダと名乗った。

「電子ですけど」

取り出した電子タバコをチラッと見せて咥《くわ》える。

「ああそうだよね、今は。煙たかったらごめんね」

「いや、どうせ花火の煙まみれなんで」

「それもそうかーははは」

暗いからなんとなくしかわからないけど、シュウジさんはずっとヘラヘラしている。

「で、なんでここに来たの」

「急に聞いてきますね」

「他に聞くことないからね」

要するに暇つぶしということだ。

「知らない者同士の方が話せるってこともあるでしょ」

彼は少し上を向いて煙をふうっと吐き出した。

空気に乗せられて、昼間のこと、それからこの数日続いていた残業のことなんかを話した。

「わかるなー、オダくんの気持ち」

「なんか全然感情がこもってないですけど」

「初対面のおじさんがいきなり感情移入して泣き出しても怖いでしょ」

「たしかに」と俺がつぶやいたところで、シュウジさんは二本目のタバコに火をつけた。

「まあでもわかるよ、ちょっとしたことなんだよね。残業も嫌なお客さんも我慢できるけど、その代わりここだけは邪魔されたくなかったっていう。折れちゃうね、心が」

「です」

「真面目なんだね、オダくんは」

「そんなことないっす」

〝要領がよくてほどほどに適当〟が他人から見た俺の評価だ。

「結果的に誰にも文句を言わずに溜め込んで。それでもきっといつか別の時にストレス発散できると思ってる」

「…………」

「溜め込んだものは、そう簡単に発散できないよ」

「上から目線で説教ですか」

「ははは。人間不信だなあ。全然そんなんじゃないよ」

シュウジさんは携帯灰皿にまだ長いタバコを押しつけて火を消した。

「オダくん、ヘビ花火知ってる？」

「知らないです」

「僕の一番好きな花火なんだ」

そう言って、シュウジさんは黒くて丸い火薬に火をつけた。

煙が出たかと思ったら、その火薬がうねうねとヘビのように伸び始める。

「ああこれ知ってます。俺らの世代は違う名前で呼んでますけど。うん――」

「ははは。言わなくてもわかったから大丈夫だよ」

シュウジさんは、俺が口にしようとした言葉を遮った。

「こんな地味なのが一番好きなんて変わってますね」

「そうかなあ。どんな動きをするかわからなくて、無心で見ていられるよ」

そう言って、本当に嬉しそうに見つめている。

「君が今日ここに来たのは、無意識にＳＯＳを出してたんだと思うな」

うねうねと伸び続けるヘビ花火を見つめたままのシュウジさんが言う。

「今日発散しないとダメだって、君の心が判断したんでしょ」

「そうですかね。それで危うく野宿するところでしたけど」

「結果オーライ」

よくわからない結果だけど、花火は案外楽しくて、たしかにストレスが軽減していく気がする。

「シュウジさんは、なんでここに花火しに来ようと思ったんですか？」

何か理由がありそうな気がする。

「僕って会社の社長なんだけど」

「へえ」

そんな風には見えなかった。

「部下にお金を持ち逃げされて。なんかもう死んじゃいたくなってね」

思わず無言になる。

「っていうのは嘘で。仕事ばっかりしてたら、妻が子どもを連れて出て行ってしまって」

「それも嘘？」

「じゃあ、ギャンブル中毒で借金苦で……」

「じゃあって。もういいっす」

呆れてタバコを咥え直す。

「ビールでも買ってくればよかったなあ」

「ありますよ、ビール」

先輩に貰った試供品の缶を鞄から取り出す。

それから二人で乾杯する。

「ぬるいね」

「ずっと鞄に入れっぱなしでしたからね。キンキンに冷えてたらもっとうまいっすよ」

俺が言ったら、シュウジさんは笑った。

「好きなんだね、ビールが」

——好きなんだね〝仕事〟が。そう言われた気がした。

「……まあ。ビールは好きっすね」

「冷えてた方がおいしいんだろうけど、ぬるいビールって、青春って感じだね」

「よくわかんないけど、ちょっとわかります」

端の方から明るくなってきた空が、なんとなくそう感じさせる。

考えてみれば誰かに本音を話すのは本当にひさしぶりだ。

「じゃあ、続きやろうか。花火はまだまだあるよ」


朝四時三十分。

結局俺たちは、朝まで花火をしながら色々な話をした。

最後の方はお互いに花火に飽きて、どんどん火をつけて処理していく作業になっていた。

「さすがに眠い」

朝日に一番ふさわしくないセリフが漏れる。

「もうすぐ始発の時間だね」

「仕事、サボっちゃおうかな」

「できないでしょ」

そう。サボったって結局仕事のことが気になって仕方がなくなるはずだ。それくらいは自分でもわかっている。

「結局のところ、シュウジさんはなんでここに来たんですか？」

「実は指名手配犯で――」

「人には踏み込んでくるくせに、自分のことを話すのは苦手なんすね」

「…………」

今までずっと飄々《ひょうひょう》としていたおじさんが、急に子どもみたいに口を尖らせたから、思わず笑ってしまった。

彼が嘘だと言っていたどれかが、本当の理由という気がする。

メイちゃんは本当に存在していたんだろうか？という疑問もあるけど、かなりどうでもいいことだ。

――『なんかもう死んじゃいたくなってね』

「シュウジさんも、ちゃんと始発で帰りましょうね」

「…………」

「生きてれば、キンキンに冷えたうまいビールも飲めますよ……って、え」

俺の言葉に、シュウジさんは涙ぐんでいる。

「オダくん、また花火しよう」

涙声のおじさんは、べつにかわいくない。

「……いや、もう一生分やったんで。っていうか花火のお金は絶対返して下さいね」

「冷たいなあ」

その言葉に思わず眉を下げて、大きく笑う。

知らない場所で知らない人と迎えた朝は、なんだか妙に軽くて優しかった。

fin.

この関係には名前がない

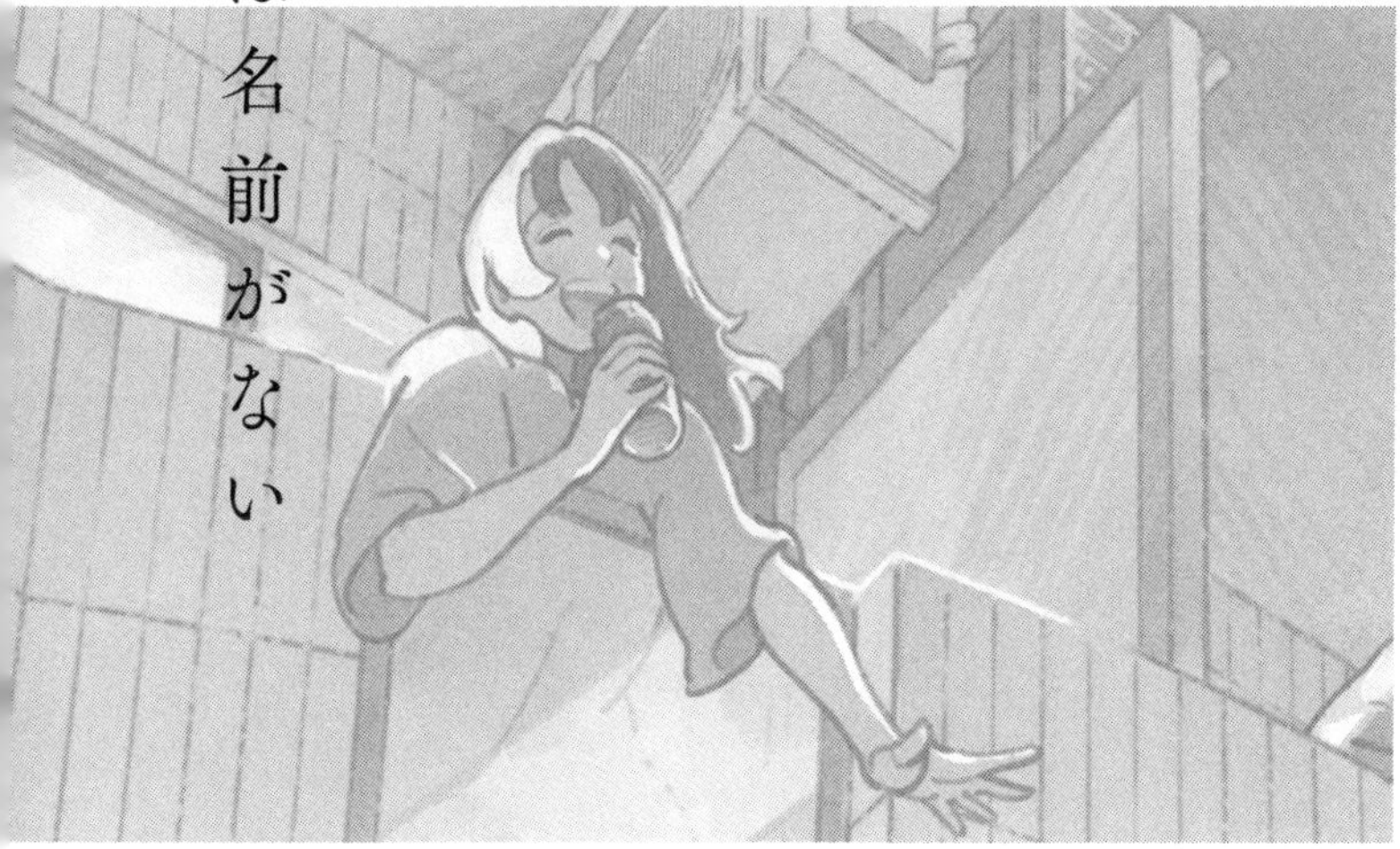

八月初旬。

平日夜十時半を回っている。

ここはメゾンNNという単身者向けマンション。

「急にチーフが『こっちの案件も明日朝提出だから』って言い出しちゃって」

「それでこの時間まで残業ですか」

「そ。やーっとゆっくり〝この子〟と過ごせる」

「この子って」

思わず苦笑いをする俺は真下仁《ましたじん》。二十一歳、大学生。

笑った理由は、彼女が『この子』と言ったのが缶ビールだったから。

「あー生き返る～！　やっぱり私の味方は君だけだ～好きー」

そう言って、ビールの缶にキスをしたのは、木崎心《きさきこころ》……たしか二十五歳って言っていた気がする。会社員の女性だ。

「おつかれさま」

そう言って、俺はいつも飲んでいる輸入ビールの瓶を傾ける。

「あ、先に飲んじゃった」

「流れるようにグビッといくから、止める隙がなかったです」
俺の指摘に「えへへ」と照れ笑いを浮かべながら、彼女は缶を傾ける。
こんな時間に乾杯している俺たちは、まるで恋人か親友のようだけどそうじゃない。
二人がいるのはお互いの部屋のベランダ。
俺たちの間には白い仕切り板がある。
彼女と俺は、客観的に見ればただのお隣さんだ。

◇

俺たちがこんな関係になったきっかけは六月。
梅雨の時期にしては珍しく雨の降っていない夜。
金曜が土曜に変わった深夜一時。
友人と通話しながらゲームをしている時だった。
——ガチャ、ガチャ。

『え？』
玄関の方から、鍵を開けようとしているような音がした。
それから静かになった。
『どうした？』
画面の向こうの友人に聞かれる。
『いや』
きっと隣の住人が間違えて開けようとして、途中で気づいたとかそんなところだ。
『なんでもない』
ゲームに戻ろうとキーボードに指を戻した時だった。
――ガチャ、ガチャ。
また音がする。
『……あれ？　おっかしいなぁ……』
微かに、つぶやくような声も聞こえた。
『ちょっとごめん』
そう断って、玄関に行きドアのスコープを覗く。

思わず「はぁ」と大きなため息をついてしまった。

それから一旦パソコンの前に戻る。

――ガチャガチャガチャ。

音は相変わらず続いている。

『悪い、今日はここで終わり』

『なんだよー』

せっかくいいところだったのに、なんで邪魔されなくちゃならないんだと思いながら友人に断って、もう一度玄関に向かう。

『……なんで？　開かない？』

――ガチャ、ガチャ。

相変わらず声も聞こえてくる。

――ガ……カチャリ。

俺がドアを開けると、そこに立っていた酔っ払いは自分に向かって開いたドアのノブに手をかけたまま『ん？』と言う顔をした。

それからなぜか、そのまま部屋に入ろうと一歩踏み出した。

完全にできあがっている。

『いい加減にしてくれません？』

ゲームを邪魔されたことへの怒りと、酩酊《めいてい》するほど酒を飲むことへの軽蔑で苛立ちを抑えられない声で言うと、彼女はボーっとした顔でこちらを見上げる。

そう、酔っ払いは女性だった。

セミロングの髪と服装だけは小ぎれいな……多分、オフィスカジュアルってやつだと思う。

『え？　誰？　私の部屋で何して――』

『俺の部屋ですけど？』

被せるように言ってしまった。

『そんなはずないです』

自信満々に言われ、またしても大きなため息をつく。

『あんたの部屋、隣じゃない？』

たしか隣人は女性だったはずだ。

『……え？』

人の顔色は本当に赤から青に変化するものなんだ、と妙な感心を覚える。

『す！　すみませんでした！』

上機嫌で赤らんでいた目の前の顔が、状況を理解して明らかに蒼白になったから。

『どうしよう……私……』

ついさきほどまで楽しそうにしていた顔が不安げに歪《ゆが》んでいるのを見て、少し気の毒に思ってしまった。

たかがゲームくらいで大人げなかったような気がしてくる。

何事もなかったんだから、もう終わりでいい。

『もういいよ。酔っ払ってんでしょ？　早く帰って寝なよ』

『あ、ありがとうございます』

安堵した顔を見て、なぜかこちらもホッとする。

『おやすみ』

そう言って、俺はドアを閉めた。


昨年、大学三年になって通うキャンパスが変わったからここに引っ越してきた。

どうせ長く住むつもりもないからと、隣人への引っ越しの挨拶もしていない。

それがまさか、こんな最悪な初対面になるとは思わなかった。

翌日午後、玄関のチャイムが鳴ってドアスコープを覗くと昨日の彼女、つまり隣人が立っている。

謝罪に来たのがわかって、かえって面倒だなと思いながらもドアを開けた。

彼女は菓子らしき包みを渡して、深々と頭を下げた。

〝最低限の常識はあったんだ〟なんて自分より年上であろう人間に対して失礼な言葉が浮かぶ。

『気をつけた方がいいですよ、隣人が悪人って場合もあるんだし』

『ですよね……こんなこと今までなかったんですけど……。本当に申し訳ありません』

彼女はまた頭を下げる。

正直、こんなことが何度もあったらたまったもんじゃない。

『まあとりあえず何もなかったんだし、今回のことは大丈夫ですよ。俺も昨日は言葉がキツかったし。頭を上げてください』

今回限りで、もうこの話は終わりだ。

『じゃあの、お隣さんということで、あらためて今後ともよろしくお願いします。木崎といいます』

彼女の発言に、一瞬驚いてしまった。

〝隣人が悪人の場合もある〟と、さっき言ったばかりなのに、隣に住んでいるよく知りもしない男に『よろしく』と言って呑気に微笑みかける。

だけど本人はきっと本当にわかっていない。

『……真下です。よろしくお願いします』

防犯意識の低さには正直呆れるけど、俺が彼女に何かしようというわけでもないんだから、この場はべつにこれでいい。

そう思っていたのに。

その日の夜、いつも飲んでいるビールを切らしていることに気づいて近所のコンビニへ行った。

俺がいつも飲んでいるのは猫の絵が描かれた水色のラベルが目印のベルギービールだ。あまり見かけないのに、なぜかその店で売られている。

コンビニの酒売り場に到着したところで、見覚えのあるシルエットが目に入って、ついに『え』と漏らしてしまった。

俺に気づいた木崎さんと目が合う。

そしてその手は、冷蔵庫の中のビールに伸びている。

『昨日の今日で』

思わず口に出してしまった。

彼女の顔は今度は恥ずかしそうに赤くなって、沈黙が訪れた。

〝恥ずかしい〟という感覚がある割に、昨日あんなことをしでかしたくせに近所で酒を買うという行動の整合性のなさがまったく理解できない。

そんなことを考えていたら、彼女が口を開いた。

『……き、昨日の反省を生かして、しばらくは宅飲みオンリーにしようかと』

それを聞いて堪えられなくて『ブッ』と盛大に吹き出してしまった。

『酒を控えようって発想にはならないんですね』

珍しく『あはは』なんて大きく笑ってしまった。

『すみません……』

しおらしく謝られると余計に可笑しい。

『いや、べつに。失敗しなければいいんじゃないですか』

笑いを堪えながら、目当てのビールを手に取ってレジに向かう。

その間もさっきの木崎さんの〝まずいところを見られてしまった〟とでも言いたげな恥ずかしそうな顔が浮かんで、思い出し笑いを噛み殺していた。

木崎さんはきっと、俺とは違う常識で生きているタイプの人間だ。

俺の常識に当てはめてあれこれ気にするだけ無駄だ。

その日をきっかけにお互いを認識して、俺と彼女は会えば会釈をするくらいの顔見知りになった。

七月に入って、梅雨が明けた頃。

大学の教室で講義の合間に友人数人と話していた。

『えー理麻《りま》、もう内定出たの？』

『まだ内々定だけど』

ショートヘアの女の子が落ち着いた顔で笑う。

理麻は同じ理工学部に所属している俺の彼女で、二年の頃から付き合っている。

彼女は就職もあっさり決めてしまうような危なっかしいことに縁がないタイプの人間だ。

『でも第一志望のところでしょ？　さすがだね。仁くんは院に行くんだっけ』

『受かればね』

『仁くんなら余裕でしょ。二人とも、本当にすごいよね』

友人の評価通り、俺と似ていると思う。いつも落ち着いていて穏やかで、合理的な考え方が似ているからケンカなんかは一度もしたことがない。多分お互いにパートナーとしての相性のよさを感じている。

——『……き、昨日の反省を生かして、しばらくは宅飲みオンリーにしようかと』

不意に、あの日の木崎さんの言葉と顔を思い出す。

『ふっ』と思わず軽く吹き出してしまった。

『仁？　どうかした？』

理麻は怪訝そうな表情をしていた。

『いや、なんでもない』

木崎さんみたいな人が彼女だったら、危なっかしいことばっかりで大変そうだと想像してしまった。俺にはまったく関係のないことなのに。

その週の土曜、午後九時。

俺の部屋は五階だというのにどこかから風鈴の音が聞こえた気がして、夏の気配を感じた。

ひさしぶりにベランダで酒を飲もうと外に出て、栓抜きで瓶のフタを開ける。

五階からの住宅街の夜景をボーッと眺めていると、隣のベランダからカラカラと窓の開く音が聞こえてきた。洗濯物を取り込むとか、そういう当たり前のことを想像していたから、その後の展開に驚く。

『こんばんは』

一瞬返事ができなかった。

『……こんばんは』

仕切り板越しに木崎さんがひょこっと顔を出すという、予想外のことが起きたから。

『やっぱりビール』

彼女の視線は俺の手元に向いている。

『栓抜きの音が聞こえちゃって。ご一緒させてもらえないかなーって』

そう言って自分の部屋から持ってきたビールの缶を掲げて見せる。

警戒心というものがないのかと、また呆れと驚きが同時にやってきたけれど不思議と不快感はなくなっていた。

『ほんと好きっすね、酒』

『お酒というか、ビールというか』

皮肉っぽく言ったつもりがなぜか照れたように笑われて、『ほめてないですよ』とつい鋭めなつっこみを入れてしまった。だけど、木崎さんは楽しそうに笑っている。

いつもベランダで飲むのかと質問されて、たまたまだと答えた。

『そっちは？　ベランダでもよく飲むんですか？』

『私本当は外で飲む方が好きなんですけど、あれ以来宅飲みばっかりで。でもベランダで飲んだことはないです』

この人の行動は読めない。

『雨ばっかで居酒屋行くのがダルかったとか、そんな理由なんじゃないですか？』

『違います……反省してるんですよ、これでも』

ビール片手に〝反省〟なんて言われて、笑うなって方が無理がある。

『とりあえず乾杯しませんか？　木崎さん』

そして俺たちは、瓶と缶で初めての乾杯をした。

その夜ビールを一缶飲む間、彼女は『ひさしぶりに誰かと飲めて嬉しい』と、ずっと笑っていた。

◇

そして気づけば八月も半ばになっていた。

「もう展示会の準備で忙しくって。広報だから告知系の仕事もいつも以上にあるんだけど、今回はケータリングもうちの部署で手配することになっちゃって――」

平日夜八時、木崎さんは「疲れた」とは言っているけどニコニコと笑いながらしゃべっている。

彼女の手には缶ビール、俺の手にはいつもの瓶ビール、そして二人の間にはベランダの仕切り板。

七月のあの夜以来、俺たちはタイミングが合えばこうして飲みながら話している。とくに約束をしているわけではないから、ベランダに出て相手が飲んでいれば酒を取りに中に戻ってもう一度出てくる。そして乾杯……という感じだ。

飲むのはお互い缶や瓶で一本に限っている。

「でね、真下くんにお土産」

俺の四つ上の木崎さんに、いつの間にか俺は〝真下くん〟と呼ばれている。

「ケータリングでゲストにお酒も出すから、おつまみもいくつか試食して選んでるの。その余りがあったから貰ってきちゃった」

そう言って、彼女は色々な種類の海外メーカーのチーズをこちらに差し出した。

「……着服」

「ちゃんと持って帰っていいか確認したから。かわりに感想聞かせて欲しいって」

木崎さんはアパレル系の会社で広報の仕事をしていると言っていた。

「木崎さんって、意外としっかりしてますよね」

「意外とって。……文句を言いたいところだけど、真下くんにはまずいところみせちゃってるからね」

彼女は苦笑いで言った。

「まあ、仕事は真面目にやってますよ。その分お酒で発散してるの」

「すげー極端ですね」

木崎さんと話しているとつい笑ってしまう。

「真下くんは、最近どう？」

「すげー興味ない時の聞き方」

「そんなことないって」

前に彼女に俺が大学で勉強していることを聞かれて答えたら『全然わからない』と笑って一蹴された。

「卒業研究のテーマとか決めなくちゃいけなくて、結構忙しいです」

それでも、木崎さんに自分のことを話すのは結構好きだったりする。

「あーなんか自分が卒論書いてた頃のこと思い出して胃が痛くなってきた」

――〝仁くんなら余裕でしょ〟

そんな決まり文句が返ってこないから。

「私も彼氏も文系だから、理系の研究って全然想像つかない」

木崎さんには一歳年上の彼氏がいるらしい。

付き合って二年と言っていたから、俺と理麻と同じ頃から付き合っているということだ。

「木崎さんの彼氏ってどんな人ですか？」

「ん？　んー……ひと言で言うなら冷静なしっかり者かな、私と違って普段から。それにすごく優しい。って、これこそ興味ないでしょ」

彼氏の顔を思い浮かべていそうな彼女の表情が、わかりやすく柔らかくなる。

相手のことが好きなんだと顔に書いてあるみたいだ。

「今日はここまでかな。ありがとね、愚痴聞いてくれて」

「いえ」

「なんかね。最近この時間に助けられてる気がする」

そう言って木崎さんは笑って部屋に戻っていった。

ここで話していることなんて、他愛のないことだ。

仕事や学校の愚痴、趣味のこと、ちょっとした恋愛のこと、それにニュースやその時の関心事。

べつに誰かに話さなければいけないなんてことじゃない。

だけど、彼女の言っていることがなんとなくわかる気がする。


年齢も、社会的立場も違う。

趣味だって違う。

お互いに恋人がいる。

友だちってわけでもない。

共通点なんて一つもない。

連絡先の交換だってしていない。

だけど同じマンションの同じ階に住んでいる。

そんなの、言ってしまえばただの〝お隣さん〟だ。

だけど前のマンションの隣人とは、両隣どちらもこんな風に親しく話したことはなかった。

ただの隣人でもないなら、なんと呼べばいいのかわからない関係。

そういう相手だから、この名前のない時間に話せることがある。


九月。

大学は夏休みだけど、俺は十月の大学院の入試のための勉強だとか、そろそろテーマを絞っておきたい卒業研究の資料集めのために週に何度か学校に通っている。

「なんですか？　これ」

入試の話を聞きに、親しい先輩の所属する研究室に顔を出した時だった。

大量の本や書類が無造作に置かれたデスクの上に無理やり作られたのがわかる空間に、何かの工作キットのようなものが置かれている。それも何十セットかありそうだ。

パソコンに向かっていた先輩が、椅子をくるりと回転させる。

「今度のオープンキャンパスのワークショップで使うんだよ。簡易プラネタリウム」

完成すると、中に電球の入った、地球儀の球が多面体になったような形のものができあがるのだと先輩が教えてくれた。

「よかったら一セット持って帰って作ってみてくれないか？　実際に作るのは高校生

だから、難しいところがあったら教えて欲しいんだ」

一セット分のキットを受け取る。

「でもお前って器用そうだからなー。簡単に作っちゃいそうだよな。なんでも器用にこなすもんな」

「そうでもないですけど」

「いやいや、謙遜するなって。お前なら俺なんかに聞きに来なくても院の入試も楽勝だろ」

パソコンの方に向き直った先輩の背中に言われて、思わず冷めた笑みを浮かべてしまう。


その日は家に理麻が来ていた。

「何してるの？」

「んー？　なんか組み立てるとプラネタリウムができるらしい」

床に座って先輩に貰ってきたキットを組み立ててみている。

「へえ、星座がプリントされてるんだ」

薄くて黒いプラスチックの板には、有名な星座の場所にうっすらと目印がプリントされている。

「そこに針で穴開けると、中から照らされて星になるんだと」

「ふーん」

「まあ目印なんて無視するけど」

組み立てながら言う。

「どうして？」

「星座って考え方があんまり好きじゃない。研究の役に立つのはわかるけど、宇宙の違う角度から見れば星の並びなんて違って見えるじゃん。それを無理やり線でつなげて名前を付けるってことは、俺の宇宙ではしない」

「俺の宇宙って」

理麻がくすくすと笑う。

「星座っていえば、私は星座占いってあんまり好きじゃないのよね。生まれた日にちで性格だとか運勢だとか、決められたくないから」

「まあ統計学ではあるけどな。わかる」

彼女に同意して頷いたところで、ふと木崎さんの顔を思い浮かべる。

――『今日は牡牛座が一位だったけど、あんまりラッキーじゃなかったかも』

彼女はよくテレビや雑誌の占いに一喜一憂している。

木崎さんらしいなと思って、思わずクスッと笑ってしまった。

「どうしたの？」

「いや、べつに」

理麻が一瞬間を置いて、それから少し不満げに口を開いた。

「……仁、最近思い出し笑いが多いね」

「え？」

「気づいてなかった？」

小さくため息をつかれてしまう。

「こんなことしてて、試験は大丈夫そう？」

「まあ、多分」

「仁なら危なげないとは思うけど、がんばってね」

きっと、また俺は冷めた笑みを浮かべてしまっている。

〝楽勝〟〝危なげない〟それらはきっと正解だ。
でも――。

翌日夜。

「真下くん、大丈夫？」

「え？」

仕切り板越しの木崎さんが、心配そうに俺の顔を覗き込む。

「何がですか？」

「なんか元気がないかなって。顔色があんまりよくない……って、この暗がりじゃよくわからないから、何言ってんのって感じだけど。とにかく、なんとなくね」

彼女は本当に、俺の予想の範疇《はんちゅう》を超えてくる。

「私みたいな人間だと、ダメなとこだらけだからいつも誰かに心配されちゃうんだけど……真下くんみたいに冷静に物事を見てる人の困り事って、みんなつい見逃しちゃうのよね」

ビールを飲みながら、なぜか木崎さんの方が困ったような顔で笑っている。

「悩みがあるなら、お姉さんが聞いてあげようか？」

そう言って、今度はイタズラっぽい笑みを浮かべる。

「………」

「真下くん？」

「ちょっとここのところ試験勉強とか卒研のこととか、頭使うことが多くて疲れてるかも。でも大丈夫です」

他の人よりは少ないのかもしれないけれど、俺にだってプレッシャーや不安がないわけじゃない。たとえそれらがなかったとしたって、それを他人に決めつけられたくはない。

「本当？　無理したらダメだよ？」

彼女は自分の恋人を〝冷静なしっかり者〟だと言っていたから、恋人との経験上の話をしているのかもしれない。

それでも、気持ちに寄り添おうとしてくれたことが嬉しいと感じる。

自分にも案外繊細で弱いところがあるのだと気づかされる。

「ありがとうございます」

お礼を言うと、木崎さんはまた笑って、「とりあえず」と言って缶をこちらに差し出して乾杯を求めた。

「あの日、ここから顔出してよかった」

彼女は俺の目を見て言う。

「最近この時間がすごく大事なの。真下くんだから話せるってことがたくさんある気がする」

「それを言うなら、〝あの日、酔っ払って部屋を間違えてよかった〟じゃないんですか？」

「もう忘れてよー」

冗談みたいに言っているけど、今、本気でそう思った。

これはあの夜、木崎さんが部屋を間違えなければ始まっていなかった関係だ。

「私たちって、変な間柄だよね。……これって、なんて言うんだろう」

木崎さんがベランダの手すりに両腕を乗せてポツリと小さくつぶやいた。

俺と同じようなことを考えていた彼女と目が合う。

ニコリと微笑まれて、つい嬉しさを覚える。

それから妙なくすぐったさも。
――『……仁、最近思い出し笑いが多いね』
そして、昨日の理麻の言葉がよぎる。
自分では全然気づいていなかったことに理麻が気づかせた。
そして、いいタイミングで釘を刺したんだ。

十二月。外の空気はすっかり冷たくなっている。

「だから、一緒に暮らさない？」

大学構内のカフェで理麻が言う。

理麻は第一志望の企業から無事内定を貰い、内定式なんかにも出席していた。そして俺は院に合格している。

そんなタイミングで、彼女から同棲の提案を貰う。

大学院生と社会人では、今までのようには生活リズムが合わないというのが理由だ。

その理由にはもちろん納得しているけれど、理由がそれだけじゃないことにも気づいている。

理麻は、俺の浮気や心変わりを疑っている。

彼女のことはちゃんと好きだと思っていると言っても、きっと何か月も積もらせている不安を拭うことはできない。

「いいよ」

もともと長く住むつもりはなかったんだ。引っ越すのにはいい機会だと思う。

……今ここで、木崎さんの顔を思い浮かべながらベランダでの時間を惜しんでいることが、引っ越すべき何よりの理由だ。

俺にとって理麻がかけがえのない存在なのはたしかだ。彼女を大切に思うなら、誤解を生むような行動は避けるべきなんだ。


理麻の就職先が大学から遠いこともあって、物件探しには若干手間取りはしたけど、無事に引っ越し先も決まった。三月の中旬には引っ越す予定だ。

なのに、ずいぶんと暖かくなってきて二月も終わりという時期になっても木崎さんにはなかなか引っ越しを言い出せないでいる。

そんなある日の夜。

「あ、木崎さん」

いつものコンビニで木崎さんに遭遇した。

「え？　誰？」

よりによって理麻と二人でいる時に。

「お隣さん。こんばんは」

もっともわかりやすく、誤解を生まない言葉で説明する。

「……どうも」

表情を曇らせた木崎さんは遠慮がちに理麻に会釈をした。

そして「それじゃあ」と、すぐに退散してしまった。

なんとなく、会いたくなかった。

初めてそう思った出来事のあと、木崎さんとはベランダでもコンビニでも、マンションの周辺でもまったく顔を合わせなくなってしまった。

明らかに避けられている。

つまりはそういうことなのだろう。

つい、ため息をついてしまう。

引っ越しの日は近づいている。

最後にもう一度だけでも一緒に飲めないかという気持ちは捨てられない。

だけどその願いは叶わないようだ。

それはそれで平和に終われてよかったのだと思う。

そしてとうとう引っ越しが明日に迫った金曜が、引っ越し当日の土曜に変わってしまった。

深夜一時。

まとめた荷物の確認をしていた時だった。

——ガチャ、ガチャ。

「え」

思わず声が出る。

——ガチャガチャガチャ。

——ガチャ、ガチャ。

あの日、あんなに腹が立った物音に、今は期待してしまうのが不思議だ。

「何やってんですか」

ドアを開ければ、あの日と同じ光景がそこにある。

「え……？　真下くん？　なんで？」

「こっちは俺の部屋」

呆れと嬉しさと心配で、思わず眉を下げる。

苦笑いの彼女に謝られたところで、違和感に気づく。

「……木崎さん、手ぶら？」

「え？　なんで!?」

「その鍵も、なんか変じゃないですか？」

彼女の手の中の鍵には居酒屋のものらしきプレートが付いている。

それに足元は居酒屋のロゴのようなものが書かれたサンダルだ。

急激に酔いの醒めた彼女によれば、飲んでいた店に色々と忘れ物をしたようで、またあの日みたいに木崎さんの顔が蒼白になっていく。

「お店に戻っ――」

「待った待った」

慌てて店に戻ろうとする酔っ払った彼女の腕を、こちらも慌ててつかんだ。

「もう一時ですよ？　店に着いても閉まってるんじゃないですか？　とりあえず電話だけして、荷物があるかどうか確認すればいいんじゃないですか？」

彼女が持っていたスマホで閉店直前の店に電話をすると、カバンと靴があることは確認できたようで、明日改めて取りに行くことになった。

「木崎さん、今夜どうするんですか？」

「え……」

「よかったら、俺ん家で飲み直しません？」

俺が無理やり誘ったわけじゃない。

スマホを持っている彼女に、断る余地は与えたはずだ。

そんな言い訳を胸に、木崎さんを家に招く。

◇

「テキトーに座ってて」

「え……これ、どうしたの」

初めて俺の部屋に入って、キョロキョロと室内を見回している彼女が驚いているのは当たり前だ。目の前には大量のダンボールがあるのだから。

「引っ越すんですよ」

「え……？」

「挨拶に行ったのに、最近木崎さんとタイミング合わなくて」

そう言ってギフトを差し出すと、木崎さんは反射的とも言える動きで無言で受け取る。

「全然ベランダにも出てこないし」

コンビニで会った日以降も何度もベランダで待っていた。

「……忙しくて」

そんな嘘は見え透いている。

「それ、中身はつまみセットです。木崎さん専用ご挨拶」

お礼も言いたくて、木崎さんだけに用意した。

「あれ？　でも、四月からは院生なんでしょ？　引っ越さなくていいんじゃないの？」

彼女と暮らすことになったことを、木崎さんにようやく伝える。

「いつ？　引っ越し」

その質問に、一拍間を置いて答える。

「明日」

「え、ずいぶん――」

〝急だ〟と言いたかったんだろうと予想がつくけれど、その原因を作ったのは俺を避けていた木崎さんと……言い出せなかった俺だ。

「だから、最後に木崎さんと飲んでおきたいなって思ったんですよ」

「ビール、一種類しかないんですけどいいですか？」

まだ冷蔵庫に入れていた猫のラベルのビールを取り出す。

二人で床に座って、積み重なった段ボールに寄りかかった。

「いつもこのビールだったよね」

初めて、同じビールで乾杯する。

「苦っ」

木崎さんがベッと舌を出したから、かわいくて思わず笑ってしまった。

「黒ビールです。苦手でした？」

「苦手っていうか、あんまり飲んだことないかも」

木崎さんはいつも国内メーカーの缶ビールだった。

それから、この数週間会えなかった分を取り返すように色々なことを話した。

「そっか。三つしか違わなかったんですね」

お互いの誕生日を知って、俺が十一月に二十二歳になっていて、木崎さんは五月生まれの二十五歳のままだということも初めて聞いた。

歳の差が三つだと知って「同じ大学にいたかもしれない」と言って笑われる。

「社会人になったら変わらないよ、三つも四つも。だいたい留年とか浪人とかあるじゃない」

「急に年上ぶるんですね」

さっきは泣きそうな顔で居酒屋に電話してたくせにと、ついガキっぽく拗ねてしままう。

「おつまみ、開けちゃおっか。せっかくだし真下くんと食べたい」

木崎さんはベリベリと躊躇なく、包み紙を開けた。その豪快さが酔いのせいなのか、もともとの性格なのかはわからないけど、なんとなく後者のような気がする。

「おしゃれー」

俺が選んだもので彼女が喜んでくれるのは、正直嬉しい。

箱には六種類のつまみが入っている。

黒ビールに合うからと、キャラメルシナモン風味のくるみを勧めたら、〝シナモン〟と言った瞬間に彼女の眉が寄ったのがわかった。

「ごめん、私シナモンだめなの」

「じゃあこれは俺が食べよ」

もっと食べ物の好みの話なんかもしておけばよかったかもしれないと後悔しても、どうせ今日が最後なんだ。

だけどがっかりさせた分、何かで喜ばせたいと考えてしまう。

すでにビールは二本目になっているとはいえ、今日はアルコールの回るスピードが早い気がする。

「お詫びに木崎さんの好きそうなもの見せてあげます」

俺はダンボールをゴソゴソと漁った。

「俺が作ったテキトープラネタリウム」

あの日作ったプラネタリウムだ。

テキトーの意味がわからずキョトンとする木崎さんを無視して電気を消す。

そして手元でカチッとスイッチの音をさせると、幻想的な星空が部屋中に浮かび上がった。

「わ、きれい……」

ビールを飲みながら星空を見上げた彼女は、暗がりでも嬉しそうなのがわかる。

「星に詳しいのか」とか「あの星座は何か」とか聞かれたから、俺が適当に星を作ったものだと教えて笑ったら、彼女も笑った。

それからしばらく、二人で適当な星空を眺める。

「木崎さんって星座占いとか好きですよね」

「なんだかバカにされてそうだけど、好きだよ」

「やっぱり」

「でも、真下くんの、名前なんて付けない方がいいって考え方も好きだな」

そう言って、またいつもの顔で笑う。

――『好きだよ』

――『好きだな』

自分自身に向けられたわけでもない言葉が、耳の中で反響する。

「せっかくなのに、ダンボールに映っちゃってもったいないね」

部屋一面に広がるはずの星空は、段ボール箱の壁でカクッと折れるように分断されている。

「もっと早くこの部屋に来てみたかったな……」

彼女の不用意な発言に思わず「はあっ」とため息をついた。

これはずっと思っていたことだ。

「はじめから思ってましたけど、木崎さんてすげー無防備ですよね」

木崎さんは驚いた顔でこちらを見た。

「あんな風に酔っ払って、男の部屋のドア開けさせて」

今度は恥ずかしそうに眉を寄せた。

「隣人のよく知らない男に簡単に『よろしく』なんて笑顔で言っちゃうし」

「え……」

「こうやって、俺の部屋に簡単に上がっちゃうし、もっと早く来てみたかったとか言うし。だいたい今日だって、またやったし」

だけどその一つひとつがなければ、今日ここでこうして話していることもなかったんだ。

はじめから全部、きっかけを作ったのは彼女だ。

俺は手元のビールのラベルをペリペリと剥がす。

「俺のあとに、悪い男が引っ越してきたらどうするんですか?」

また同じことが起こったらと想像すると、苛立ちと心配がないまぜになって、いっそ腹立たしいとさえ思ってしまう。

「それは……」

彼女が言葉を詰まらせた瞬間、手元のラベルを彼女の額にペタッと貼りつけた。

「え」

状況を飲み込めていない顔をされる。

「自分の部屋のドアに目印でも貼っといたらいいんじゃないですか？　酒のラベルなら酔っ払った木崎さんでもまっすぐ帰れそうですよね」

「目印って、おでこに貼られたらお札《ふだ》みた――」

粘着力の弱くなったラベルはすぐに剥がれてしまった。

その瞬間に――彼女と目が合う。

「無防備」

我慢するつもりだったなんて、誰に言っても信じてもらえないだろうけど……。

彼女の戸惑ったままの唇をとらえる。

少し離れて、また、目が合う。

また、唇に触れる。

「ん……っ」

彼女の吐息が漏れる。

キスが熱を帯びて、深く、甘くなる。

アルコールに溶けていくような感覚。

「……っ──」

俺の手が、彼女のブラウスの裾から肌に触れた瞬間だった。

「ストップ！」

木崎さんがグイッと俺の身体を押しのけた。目はぎゅっと力を込めたように瞑《つむ》られている。

「だめだよ」

「なんで」

「……だって、私たちの関係に……名前がついちゃう」

彼女の頭には、きっと〝浮気〟〝裏切り〟なんて言葉が浮かんでいるのだろう。

彼氏の顔なんかも思い浮かべているんだろうか。

「真下くんとは、よくない関係に、なりたくない……」

俺を見る木崎さんの涙目に、何も言えなくなってしまう。

部屋に上がると決めた瞬間から、彼女にだってその気がなかったわけではないだろう。今夜、酩酊するほど飲んだ理由だって、俺のことが原因なんじゃないのかと思う。

それでも踏みとどまった。

「はあっ」

先ほどとは違う意味の大きなため息をつく。

「なんだかんだいっても大人ですね。俺より全然」

この数か月の、ベランダでのやりとりを順番に思い出していく。

「……ごめん」

「止めてくれてよかった」

彼女らしいなと思うと、つい笑ってしまった。

「あの夜の次の日『よろしく』って言ったのは、真下くんだからだよ」

木崎さんは俺の目を見た。

「あの夜、あんなに失礼だったのに『おやすみ』って言ってくれたから。次の日も、笑ってくれたから。絶対いい人だって思ったの」

その無茶苦茶な理論はどこまでも危なっかしいのに、敵わないなと思わされて笑うことしかできなかった。

「何それ。危なっかしいカンだな」

「でも大正解だったでしょ？」

そう言って涙を滲ませて笑う木崎さんはどこまでも木崎さんだ。

「飲も!」

彼女に促されて仕切り直しの乾杯をした。

「たしかにこのビールにはシナモン合うね」

「キスで味見しないでくださいよ」

呆れて笑うと、彼女も笑った。

それからその夜は、キスの代わりだと言って何度も何度もめちゃくちゃに瓶を傾け合った。

交換しようと思えば、メッセージアプリのIDくらいは交換できたんじゃないかと思う。

友だちになろうと思えばなれたはずだ。

だけど朝を迎えても、どちらからもその提案はしなかった。

二人の関係は、名前がないまま幕を閉じた。

fin.

あとがき

私は本のあとがきは最後に読むタイプなのですが、最初に読むという方も結構いらっしゃるようで、では何を書けば良いのかな？　と考えているうちに、もしかして読書の途中であとがきを読まれる方もいるのかな？　その人はどんな人だろう？どんな会話をするだろう……と、想像を始めてしまいました。

そんな風にどこかの誰かの、とくに会話を想像するのが好きで、それがかたちになったのが、この本の八つのお話です。

主人公たちには、それぞれに作者である私やまわりの人たちのカケラのようなものが埋め込まれています。それは性格そのものかもしれないし、喋り方のクセかもしれないし、嫌いな食べ物かもしれません。そうすることで、そのキャラクターの、少なくともカケラだけはこの世に実在していることになるからです。

彼らは物語の中で〝名前のない関係〟を軸に、さまざまな選択をしています。共感できるものもあれば、全然理解できない……という考え方もあるかと思います。

私自身も全員に共感しているかといえば、案外そうでもないです。

ですが時間が経ったり立場が変わったりすることで、共感するキャラクターに変化があるかもしれません。それくらい、考え方や選択の正しさはゆらゆらと変わっていくものだと思っています。

ふとした時に読み返していただき、その時々で誰かに共感していただけたら嬉しいです。その時に、主人公のカケラが実在することで、キャラクターたちが心の拠り所のようになれたらさらに嬉しく思います。

この本を書くきっかけとなった『この関係には名前がない』の同タイトルの、木崎心視点のお話が、アンソロジー単行本『ワンナイトラブストーリー　一瞬で永遠の恋だった』に収録されています。そちらも合わせてお読みいただけると世界観が深まるかと思いますので、よろしければ。

最後になりましたが、この本の製作に携わっていただいたすべての方、そしてお手に取っていただいた読者の方に心よりお礼申し上げます。またどこかでお目にかかれますように。

ねじまきねずみ

この物語はフィクションです。
実在の人物、団体等とは一切関係がありません。

この関係には名前がない

2025年1月28日　初版第1刷発行

著　者　ねじまきねずみ

発行人　菊地修一

発行所　スターツ出版株式会社
〒104-0031
東京都中央区京橋1-3-1　八重洲口大栄ビル7F
出版マーケティンググループ　TEL 03-6202-0386
書店様向けご注文専用ダイヤルTEL 050-5538-5679
URL　https://starts-pub.jp/

印刷所　中央精版印刷株式会社　Printed in Japan
DTP　久保田祐子

ISBN　978-4-8137-9414-1　C0095

スターツ出版人気の単行本！

『ワンナイトラブストーリー　一瞬で永遠の恋だった』

君との時間は一瞬で、君との恋は永遠だった――。切なく忘れられない恋の物語。【全12作品著者】ねじまきねずみ／りた。／小原 燈／メンヘラ大学生／綴音夜月／椎名つぼみ／小桜菜々／音はつき／青山永子／蜃気羊／冬野夜空

ISBN978-4-8137-9405-9　定価：1650円（本体1500円＋税10%）

『恋のありがち～思わせぶりマジやめろ～』

青春《せいしゅん》bot・著

待望の第2弾！　続々重版の大ヒットシリーズ！　イラスト×恋のあるあるに3秒で共感。共感の声も続々!!「今の私紹介されてる？笑　すぐ読めるのに、めっちゃ刺さる…。」（まぴさん）「読書しないけど、これは好き。自分すぎて笑ってしまう…。」（HKさん）「マジで全部共感。恋って諦めたくても諦められない。」(nyanさん)

ISBN978-4-8137-9404-2　定価：1540円（本体1400円＋税10%）

『超新釈　エモ恋万葉集』

蜃気羊《しんきよう》・著

令和語のエモい超訳×イラスト集。〈以下、本文より〉恋心って、永遠だと思います。その証拠が万葉集なんだって、最近、気が付きました。恋に傷ついたり、ときめいたり、誰かに愛し愛され、そして恋に救われる――。それは、1000年以上前にも、今と変わらずに存在した想い。エモく、美しい、キラキラした瞬間。

ISBN978-4-8137-9391-5　定価：1650円（本体1500円＋税10%）

『明日、君が死ぬことを僕だけが知っていた』

加賀美真也《かがみしんや》・著

事故がきっかけで予知夢を見るようになった公平は、自身の夢が叶わない未来を知り無気力な人間となっていた。そんなある日、彼はクラスの人気者・愛梨が死ぬという未来を見てしまう。いずれいなくなる彼女に心を開いてはいけないと自分に言い聞かせる公平。そんな時、愛梨が死亡するという予知を本人に知られてしまい…。

ISBN978-4-8137-9390-8　定価：1595円（本体1450円＋税10%）

書店店頭にご希望の本がない場合は、書店にてご注文いただけます。

スターツ出版人気の単行本！

『余命 最後の日に君と』

余命最後の日、あなたは誰と過ごしますか？――今を全力で生きるふたりの切ない別れを描く、感動作。【収録作品】『優しい嘘』冬野夜空／『世界でいちばんかわいいきみへ』此見えこ／『君のさいごの願い事』蒼山皆水／『愛に敗れる病』加賀美真也／『画面越しの恋』森田碧

ISBN978-4-8137-9358-8　定価：1540 円（本体 1400 円＋税 10%）

『超新釈　5分後にエモい古典文学』

野月《のづき》よひら・著

枕草子、源氏物語、万葉集、徒然草、更級日記…喜びも、悲しみも、ずっと変わらない人の想いに時を超えて感動⁉　名作古典を現代の青春恋愛に置き換えた超短編集！

ISBN978-4-8137-9352-6　定価：1485 円（本体 1350 円＋税 10%）

『あの夏、夢の終わりで恋をした。』

冬野《ふゆの》夜空《よぞら》・著

妹の死から幸せを遠ざけ、後悔しない選択をしてきた透。しかし思わずこぼれた一言で、そんな人生が一変する。「一目惚れ、しました」告白の相手・咲葵との日々は幸せに満ちていたが…。「――もしも、この世界にタイムリミットがあるって言ったら、どうする？」真実を知るとき、究極の選択を前に透が出す答えとは…？

ISBN978-4-8137-9351-9　定価：1540 円（本体 1400 円＋税 10%）

『いつまでもずっと、あの夏と君を忘れない』

永良《ながら》サチ・著

高２の里帆には幼馴染の颯大と瑞己がいる。颯大は中学時代、名の知れた投手だったがあることをきっかけに野球を辞め、一方の瑞己は高校進学後も野球を続けていた。里帆は颯大にもう一度野球をして欲しかった。そして３人で誓った甲子園に行く夢を叶えたかった。しかしそんな時、里帆が余命わずかなことが発覚し…。

ISBN978-4-8137-9342-7　定価：1485 円（本体 1350 円＋税 10%）

書店店頭にご希望の本がない場合は、書店にてご注文いただけます。